CASSINO HOTEL

CB064023

SAFRA XXI

- *Cassino Hotel*, André Takeda
- *Cerco*, Daniel Frazão
- *Miss Corpus*, Clay Mcleod Chapman
- *Pessoas do século passado*, Dodô Azevedo
- *Timoleon Vieta volta para casa*, Dan Rhodes
- *Um longo lamento*, Amanda Stern
- *Verdadeiros animais*, Hannah Tinti

André Takeda

CASSINO HOTEL

Rocco

Copyright © André Takeda, 2004.
andre.takeda@paginadacultura.com.br

Representado pela Página da Cultura
paginadacultura@pobox.com

Direitos desta edição reservados à
EDITORA ROCCO LTDA.
Rua Rodrigo Silva, 26 – 4º andar
20011-040 – Rio de Janeiro – RJ
Tel.: (21) 2507-2000 – Fax: (21) 2507-2244
rocco@rocco.com.br
www.rocco.com.br

Printed in Brazil/Impresso no Brasil

preparação de originais
RYTA VINAGRE

CIP-Brasil. Catalogação-na-fonte.
Sindicato Nacional dos Editores de Livros, RJ.

T143c Takeda, André, 1972-
Cassino Hotel / André Takeda. Rio de Janeiro: Rocco, 2004.

ISBN 85-325-1731-5

1. Romance brasileiro
I. Título

04-0915

CDD-869.93
CDU-821.134.3(81)-3

“Many rivers to cross
but I can’t seem to find
my way over.”

Jimmy Cliff

Para as pessoas que definiram o que sou hoje: meus pais, John Lennon, Caio Fernando Abreu e Jeff Tweedy.

E todo o meu carinho e obrigado a Carmela Toninelo, Eduardo Nasi, Randall Neto, Ione Moraes, Gustavo Fischer, Lúcio Ribeiro, Alexandre Linares e Marisa Moura.

A praia do Cassino descrita neste romance sofreu alterações para que a história ganhasse mais força. No entanto, a sua localização geográfica é a mesma, no extremo sul do litoral gaúcho.

sábado
(uma semana antes do feriado de Páscoa)

1 ___

A única vez em que o Seu Campos ameaçou parar de fumar foi exatamente há trinta anos. Ele estava nervoso na ante-sala da maternidade do Hospital de Clínicas de Porto Alegre, com as pernas curvadas tremendo sobre o assoalho asséptico e as mãos tão úmidas de suor que a aliança de casamento ameaçava escorregar do dedo. Sentia uma necessidade urgente de acender mais um cigarro quando a sua sogra suspirou e falou em voz alta: – Algo me diz que é mais uma menina.

Imediatamente o Seu Campos parou de tremer e olhou com fúria para a senhora que lia uma revista de fotonovela a sua frente.

– Não, mais uma menina não – disse ele com convicção. – Cinco meninas é demais pra mim.

Sua sogra abriu um sorriso largo, e mais uma vez profetizou: – Eu sei, vai ser mais uma menina, quando a barriga fica daquele jeito é tiro e queda.

Seu Campos, nervoso e desesperado, já não sabia o que fazer. Como se aquele ato fosse a única solução para que acontecesse o que desejava, jogou o maço de cigarros no lixo e disse em tom solene: – Prometo parar de fumar se for um menino.

Se foi por causa da promessa ou não, até hoje ninguém sabe afirmar. Mas o fato é que Dona Lucinha deu à luz um menino de três quilos e duzentos gramas.

No entanto, um vício de mais de vinte anos não se larga assim tão facilmente. Já no outro dia, Seu Campos estava fumando os seus vinte e seis cigarros diários. Talvez ele não tenha acreditado que seu filho caçula fosse realmente um menino. Um macho. Um homem. Não importa. O que importa é que sempre pensei que essa história explica muito bem por que me tornei o adulto que sou.

Muito prazer.

Meu nome é João Pedro de Campos Júnior.

E hoje é o meu aniversário de trinta anos.

2 ___

Melissa acordou e não me deu parabéns. A verdade é que nem lembro se algum dia disse a ela quando fazia aniversário. Ainda bem. Completar trinta anos ao lado de uma adolescente de dezoito, que possui muito mais dinheiro do que você será capaz de juntar durante toda a sua vida, não é a melhor sensação do mundo.

Continuo deitado na cama do hotel enquanto ela seca os cabelos que um dia duvidei que fossem verdadeiramente louros. Em dez anos acompanhando cantoras de todos os estilos musicais, esta é a primeira vez que conheço uma loura que não seja falsa. Não sei o que acontece. Às vezes imagino que todas lêem um manual secreto do sucesso, com gráficos provando que subir nas paradas de rádio é diretamente proporcional ao clareamento dos cabelos. Mas Melissa é diferente. É loura sim. E sua voz não é manipulada por computadores como acontece com a maioria das cantoras adolescentes que existe por aí. O que não significa que Melissa não seja manipulada.

– Meus pais acham melhor a gente se separar – ela diz com os olhos fixos no meu reflexo no espelho.

Que bela maneira de comemorar um aniversário. Ok. Não é nenhuma novidade. Desde que começamos com este quase romance já sabia que estava entrando em um relacionamento com os dias contados. O que mais eu poderia esperar? Ela é Mel X. A maior revelação da música pop. A nova ninfeta das revistas masculinas. A filha de um dos mais poderosos cantores sertanejos do país.

– A imprensa toda tá comentando – ela tenta justificar. – Você já viu as revistas de fofoca desta semana?

– Claro que vi – respondo. – Aliás, não paro de receber telefonemas de jornalistas querendo confirmar se estamos juntos.

Ela termina de arrumar os cabelos em um rabo-de-cavalo. Parece assustada.

– E você confirma?

– Não. Claro que não. Não é esta a ordem?

– Não fala assim. Até parece...

– Até parece o quê? Sei muito bem que os seus pais acham que eu só estrago a sua imagem.

– Não me importo.

– Talvez eles tenham razão.

Melissa gira o corpo em minha direção executando um passo parecido com a sua dança no palco. Caminha para perto da cama e senta ao meu lado. Seus olhos estão marejados. Segura a minha mão. Percebo que há um pedido de ajuda por trás disso tudo. Mas não sei se sou capaz de ajudá-la.

– Não fala assim – diz, e logo começa a chorar.

– Ei, os seus pais deram um ultimato, não é verdade?

– Não. Você sabe muito bem que o meu pai gosta de você. Sempre comenta que é o melhor guitarrista que ele conheceu – fala entre um soluço e outro. – O problema é a minha mãe: praticamente mandou que eu terminasse com você.

E então ela aperta a minha mão. Tenho a sensação de que Melissa está prestes a afundar, e que está se agarrando com todas as suas forças em mim. Ser um salva-vidas talvez seja uma responsabilidade grande demais, mas então vejo as suas mãos. Os dedos perfeitamente finos. As unhas pintadas de azul com estrelas prateadas. Sei que grande parte da imprensa a vê como uma garota mimada. Uma popstar precoce que não sabe como lidar com o sucesso. Acreditam que seja uma criança inocente. Mas a Melissa que dividiu esta cama comigo é sim uma mulher. E é esta a questão. Posso me apaixonar por essa mulher. Por isso, digo: – Olha, Mel, acho que é melhor a gente dar um tempo mesmo, você tem tantos projetos pela frente, o disco novo, o programa de TV, as aulas de teatro.

Você deve concordar comigo. Todo homem é covarde diante de uma mulher. O segredo é fazer com que ela não perceba. Mas eu sou um péssimo ator. Irritada, Melissa levanta da cama e veste o seu jeans.

– Você é igual a eles. Só fica pensando na minha carreira. Quer saber? Foda-se a minha carreira.

E, assim, de uma forma tão adolescente quanto feminina, Melissa sai do quarto do hotel e me deixa aqui sozinho nesta cama king size. Imóvel. Sem palavras. Assustado. E, principalmente, sem outra alternativa a não ser me apaixonar por ela.

3 ___

Olho para o espelho e tento encontrar algum vestígio dos trinta anos em meu rosto. Talvez seja preciso perceber que já tenho rugas e cabelos brancos para que comece a agir como um adulto. Como o homem que o meu pai tanto quis. Mas não. Minha opção é sempre escolher o caminho mais irresponsável possível. Se fosse diferente, não teria me tornado um músico, não teria jogado fora rios de dinheiro em drogas, não teria me apaixonado pela minha chefe. Você sabe o que eu quero dizer. A gente nunca deve quebrar a hierarquia no trabalho. Tudo bem, eu sei que Melissa tem apenas dezoito anos, mas nem por isso deixa de ser a minha chefe. Começo a me sentir deprimido. Penso em beber todo o frigobar, mas ainda me resta um pouco de responsabilidade.

Pela janela do quarto posso ver a Avenida Paulista cinzenta, esperando pelo sol amarelo-ouro do outono que insiste em não aparecer. Subitamente sinto saudades de Porto Alegre, do frio que chega junto com a Páscoa, das roupas pesadas apertando o meu corpo. E finalmente as coisas começam a ficar claras para mim. Por mais que procure, nunca irei encontrar rugas e cabelos brancos. Porque nada mudou. Nada. O homem que vê São Paulo agora é o mesmo homem que via Porto Alegre quinze anos atrás.

E, de repente, surge uma voz. Uma voz dizendo que é preciso voltar. Exigindo que eu acerte as contas com o João Pedro sonhador. Implorando para que as minhas bochechas queimem novamente com o vento cortante que vem do Rio Guaíba.

Arrumo as minhas coisas em três sacolas de uma loja de conveniência qualquer. Saio do quarto com uma estranha sensação de nervosismo. E subo até a cobertura do hotel, onde Melissa está hospedada em sua imponente suíte presidencial.

4 ___

O telefone celular toca enquanto o elevador panorâmico se movimenta do terceiro ao vigésimo quinto andar. Finalmente alguém lembrou que hoje é o meu aniversário.

– Alô.

– João Pedro?

Não reconheço a voz. E antes que eu possa perceber que é um jornalista que está falando, ele dispara as suas perguntas.

– É verdade que a Mel X saiu do seu quarto de hotel há duas horas? Vocês estão juntos mesmo? Mas ela não estava de caso com aquele ator de novela? E a virgindade que ela tanto pregava?

Tudo tem limite na vida.

– Porra! – grito. – Você não tem mais nada pra fazer do que ficar se preocupando com a virgindade dos outros?

Desligo o aparelho. Tenha a santa paciência. Eu até entendo que todo mundo esteja curioso para saber da vida de Melissa. Afinal, ela é uma pessoa pública. Admito que às vezes fico triste por não poder falar a alguém que estamos juntos. Não porque queira contar vantagem ou coisa parecida. É pelo simples fato de que Melissa tem conseguido me dar as maiores gargalhadas dos meus últimos cinco anos.

Ok... Eu sei que você quer saber como tudo começou.

Há dez anos deixei Porto Alegre com a minha banda de rock que havia acabado de assinar um contrato com uma multinacional. O problema é que nós, gaúchos, não somos tão adaptáveis assim. Vivemos em um país à parte. Depois de um disco de sucesso, brigamos com toda a imprensa paulista e, por fim, acabamos quebrando o pau entre nós mesmos. Eu estava de saco cheio de ficar ouvindo aqueles marmanjos reclamando do quanto sentiam saudades de Porto Alegre. Do chimarrão. Das louras top model em cada esquina. Do Gre-Nal. Não deu outra: todos voltaram para o Rio Grande do Sul. E eu acabei ficando. Comecei a tocar com todos os cantores e cantoras possíveis. Pagode, sertanejo, rock, pop. Qualquer coisa que viesse pela frente eu topava. Topava porque precisava de dinheiro. Não quero entrar agora nos motivos, mas estava em um estado de depressão lamentável. E comecei a tomar todos os comprimidos que via pela frente.

Até que apareceu o pai de Melissa. Eu já estava tocando com ele havia um ano quando simplesmente apaguei no palco. Quando acordei na emergência do hospital, ele olhou para mim e disse: – Amanhã vamos pra minha fazenda começar a gravar o disco novo, e eu quero que você seja o co-produtor.

Pensando hoje, só posso chegar à conclusão de que ele teve um pequeno surto de insanidade. Não me perguntou absolutamente nada. E ele não é burro. Claro que sabia que eu era um junkie ambulante. O fato é que aquilo me fez acreditar de novo nas pessoas, e se você quer um motivo para que eu tenha começado a me destruir é porque havia perdido a fé naqueles que viviam perto de mim. E os seis meses naquela fazenda funcionaram mais do que qualquer programa em uma clínica de recuperação. Não estava tocando o que gostava, mas pelo menos me sentia parte ativa de um projeto novamente.

Naquela época, Melissa tinha dezesseis anos e estava começando a sua carreira como cantora. Evitava olhar para ela porque sempre fico muito constrangido quando vejo alguém atraente. E Melissa também não colaborava. Andava para lá e para cá de biquíni, com aquele ar de quem ainda não descobriu a sua sexualidade.

Um dia ela apareceu no estúdio e falou: – Eu e o meu pai estamos escolhendo as músicas pro meu primeiro disco, e ele me falou que você conhece bastante música pop. É verdade?

Fingi que estava afinando a guitarra para não olhar diretamente para ela, e respondi: – É, mais ou menos, conheço mais rock.

– Melhor ainda.

Melhor ainda? A menina estava sendo preparada para ser uma musa do pop descartável e vem me dizer que rock é melhor ainda?

– A gente quer fazer uma versão em português de uma música americana de sucesso. Tem alguma sugestão?

– Sugestão? Hum... Agora não me vem nada à cabeça – respondi. – Acho que você tem que cantar algo que goste, que te faça bem.

– Adoro Kiss – ela disse para a minha total surpresa.

Comecei a rir.

– Você gosta do Kiss?

– Qual é o problema?

– Nenhum. Kiss é muito divertido.

– Então. Queria gravar algo do Kiss, mas o meu pai disse que aquilo não é música.

– E o que ele sugere?

– Mariah Carey.

– E você gosta de Mariah Carey?

– Ela canta bem e tal, mas tá meio batido, né? Toda cantora adolescente tá cantando Mariah Carey hoje em dia.

Provavelmente foi naquele momento que me apaixonei por Melissa. Mas, claro, não quis admitir porque poderia ser preso só de pensar em colocar o dedo em um fio de cabelo daquela menina.

– Olha... – suspirei. – Tive uma idéia: você conhece "Beth"?

Ela sorriu e suspirou: – Ai, é linda, né?

É. A menina sabia das coisas.

– Pois então, é uma balada, e como você disse, é linda, e é pop. Acho que tem um puta potencial pra tocar em rádio. A gente pode fazer uma versão pra ela, que tal?

Veja bem. Eu disse "a gente".

– Você faria isso?

– Claro.

– Mas eu quero escrever a letra.

– Sem problemas. Só penso num arranjo legal e a gente mostra pro seu pai.

– Será que ele vai gostar?

– Vai – falei com confiança. – Tenho certeza de que ele vai adorar.

E não foi só o pai de Melissa que gostou de "Beto". A música conquistou até os fãs mais fascistas do Kiss. A versão da letra foi muito criticada, é verdade, mas logo Melissa se tornaria Mel X. E o pop descartável dos planos iniciais deu lugar a um pop rock que obrigou grande parte da imprensa musical a morder a língua.

Quanto a mim, você já deve imaginar o que aconteceu. Acabei me tornando o guitarrista oficial de sua banda. E tudo poderia ser muito diferente se há seis meses o tal ator de novela não tivesse quebrado o coração de Melissa em plena turnê. Ela apareceu no meu quarto de hotel às três da manhã, chorando, querendo conversar. Mas não conversamos. Não consegui dizer uma palavra sequer. Minha boca havia sido calada pelos lábios de Melissa.

5 ___

A porta do elevador mal se abre e um braço no peito me impede de dar um passo à frente. Antes que eu possa esboçar uma reação, estou descendo novamente. E o destino agora é o lobby do hotel.

– Pensei que você estivesse na fazenda – digo para o pai de Melissa.

– A xerife me telefonou ontem à noite – ele fala tentando soar simpático. "Xerife" é como ele costuma chamar a sua esposa. – Não sei como te dizer isso, João, mas...

– Você me conhece – interrompo. – Sabe que só quero o bem de Mel.

– Não é isso – diz ele enquanto seus olhos acompanham o display do elevador se movimentando por entre os números dos andares. – Confio em você.

Droga. Um elogio. Isso significa que agora vem bomba.

– A questão é que os jornais descobriram que você é um ex-viciado.

Bomba.

Busco rapidamente algum tipo de réplica em todo o meu glossário. E, por mais que sinta que isso é covardia, sei que não há nada que eu possa fazer. Eu estou apaixonado por Melissa. Não sei se você lembra desse detalhe. E o que isso significa? Significa que ela tem apenas dezoito anos e não vai ser por causa de um fracassado como eu que irá afundar com a sua carreira.

– Sei que isso é injusto, João. – Ele agora tem o olhar voltado para mim. – Nós já abafamos tudo, colocamos uma boa grana nisso, mas ela acha melhor você se afastar de Mel.

– Ela quem? – pergunto. – A Mel?

– A Mel gosta de você – ele responde. – Estou falando da xerife.

A afirmação de que Melissa gosta de mim não é a melhor coisa para se ouvir em um momento como este. Mas as coisas podem ficar piores. Notícia ruim nunca vem sozinha: – E a gente quer você longe da banda, longe da produção do novo disco, longe da fazenda.

Começo a rir sozinho.

– O que foi?

– Nada não. É que, caralho, passei quase três anos sem pensar em droga alguma e você me aparece com uma notícia dessas. Agora sim é que tenho motivo pra ser viciado.

O pai de Melissa abre um sorriso. Coloca o braço em volta do meu ombro e diz: – Não fala bobagem, João, tudo vai ficar bem.

Para o meu alívio, o elevador chega ao lobby. Ando com pressa em direção à saída. Não me despeço. Não olho para trás. Apenas jogo no lixo as sacolas plásticas com as minhas roupas, empurro a porta giratória e entro no primeiro táxi que encontro. Solto todo o meu corpo sobre o banco de couro. Deixo a minha cabeça cair no encosto de espuma. Abro a janela para o vento entrar. E quando o táxi cruza a Avenida Paulista, finalmente sinto o peso da idade bater contra o meu rosto.

6 ___

A boca de Melissa. Deus talvez tenha criado uma boca mais bonita. Com lábios mais cheios. De proporções largas. Em forma de uma letra "m" desenhada em estilo gótico. Sim, outras mulheres podem se sentir privilegiadas com as suas bocas de capas de revista. Mas nenhuma boca é mais infinita que a boca de Melissa. Porque a boca de Melissa fica. É isso. A boca de Melissa fica. No momento em que se afastou de mim após o primeiro beijo, senti que um pedaço de sua boca havia ficado dentro de mim. Senti que acabara de ser marcado. Como um animal que tem a sua pele queimada. E a minha reação foi guiada pelo desejo. Queria mais daquela boca. Se aquela boca estava em mim, em mim deveria ficar. Esquecemos o medo e nos beijamos mais uma vez. E não fizemos muita coisa além disso nos seis meses que se seguiram. Éramos um casal da Sessão da Tarde que não conseguia parar de se beijar.

E é na boca de Melissa que penso enquanto ela fala, chora e grita ao telefone: – Você é um covarde! Como é que pode me deixar assim?

Tento me convencer de que não passo de mais um brinquedo em sua vida. Talvez assim seja mais fácil ir embora. Mas o táxi está preso em um engarrafamento. E vejo o rosto de Melissa estampado em um outdoor. Então, sinto a sua boca no meu queixo.

– Você fica melhor sem batom – penso em voz alta.

– O que você tá falando?

– Nada demais. É que tô vendo um outdoor com a sua foto, e, sei lá, acho que você deveria usar menos maquiagem.

– Não muda de assunto.

– Desculpe, Mel, mas eu e seus pais só estamos fazendo o que é melhor pra você.

– Você nunca gostou de mim.

– Ei, não diga uma coisa dessas.

– Nunca.

– Você tá agindo feito uma adolescente.

– Eu sou uma adolescente.

– Desculpe. É que às vezes esqueço deste detalhe.

O choro começa a ficar mais alto. Provavelmente ela deve estar se lembrando de todas as vezes em que a chamei de mulher. Adolescentes adoram ouvir isso.

– Mel – falo com carinho. – Tá sendo difícil pra mim também.

– Mas você tá indo embora.

– Olha, eu preciso resolver umas coisas. Quando a poeira baixar, eu ligo pra você.

Não posso continuar com isso. Olho mais uma vez para o outdoor. A boca de Melissa está aqui comigo.

– Ei – digo. – Não esqueça: use menos maquiagem.

E não espero a sua resposta. Seguro o telefone com força e olho para o Rio Tietê. Que se foda. Depois de um lindo vôo, o pequeno aparelho mergulha na água suja e poluída. O motorista me dirige um olhar desconfiado. Mas eu logo desconverso:
– Olha, o trânsito tá começando a andar, vamos logo, quero tentar pegar um avião antes de anoitecer.

7

Oito ou oitenta. É assim que as pessoas agem em seus aniversários. Existe a facção dos que odeiam ficar mais velhos. E há aqueles que fazem questão de comemorar a data ao lado dos seus amigos e familiares. A verdade é que são dois lados da mesma moeda. Todos, de uma forma ou de outra, estão pedindo desesperadamente por amparo. Aniversário é, acima de tudo, a data oficial do ano para você demonstrar a sua carência sem ter que dar explicações. E aí é que está o meu problema: a carência já faz parte da minha vida. Não preciso de aniversários para me lembrar disso. Por isso, sempre agi com indiferença neste dia maldito de abril. Nem oito, nem oitenta. E é isso que está me consumindo. Hoje não estou indiferente. Agora, tanto o fato de ficar mais velho, quanto o fato de meus amigos e toda a minha família terem esquecido que estou completando trinta anos, parecem estar esfregando em minha cara toda a solidão da qual sempre fugi. E é por este motivo que não hesito em comprar uma passagem para o próximo vôo com destino a Porto Alegre.

Ainda tenho algumas horas para gastar até o embarque. Caminho pelos corredores do aeroporto, olhando vitrines, folheando revistas, tentando espantar o nervosismo que acaba de tomar conta de mim. Até que percebo que existem duas pessoas seguindo os meus passos. Quando vejo que um deles usa um crachá de uma emissora de televisão, as coisas começam a fazer mais sentido. Os desgraçados são jornalistas.

Eu me dirijo até eles e digo irritado: – Será que vocês não podem me deixar em paz?

O homem do crachá se aproxima. Ele tenta colocar o braço em meu ombro. Eu me esquivo.

– Não quer tomar um café, Sr. Campos? – convida ele.

– Não, obrigado – recuso.

– Eu gostaria de conversar com o senhor em particular.

– Não tenho nada pra conversar com vocês.

– É uma proposta – ele diz e sorri.

– Por favor, já disse que não tenho nada pra conversar com vocês.

Ele se aproxima e diz em voz baixa: – Oferecemos vinte mil pro senhor ir até o nosso programa no domingo e falar sobre seu romance com Mel X.

Tenho vontade de dar um soco em seu rosto. Mas logo penso que isso seria um escândalo que apenas iria prejudicar as coisas para o lado de Melissa. Além do mais, vinte mil é muito pouco. Do jeito que estou me sentindo hoje, só faria um absurdo desses se ganhasse o suficiente para desaparecer da face da Terra. E ainda não inventaram transporte para outro planeta. Por isso, tudo o que faço é ficar em silêncio, e entro direto na sala de espera do aeroporto. Afinal, é isso o que me resta: voltar para o pequeno planeta chamado Rio Grande do Sul, de onde nunca deveria ter saído.

8 ___

Deve ter algo de errado quando você ainda lembra o telefone de sua namorada que acabou trocando você pelo seu melhor amigo. O que me salva é que passei quase dez anos ao lado de Letícia. Não iria esquecer as coisas assim tão facilmente. E ela é a única pessoa que desejo que saiba que estou voltando. Compro um cartão telefônico e disco o seu número. Ouço a mensagem da secretária eletrônica que começa com "Oi, você ligou para o Mateus e a Letícia...", e sinto uma dor fodida em meu peito. Mateus e Letícia. Você consegue ver a adição que representa o "e"? Mateus e Letícia. Agora eles são dois. São tão dois quanto eu e ela nunca fomos. E é a voz dela dizendo isso. É Letícia que mais uma vez me faz ver a verdade de forma tão cruel. Mas não importa. Eu sei que só ela é capaz de me entender e me receber. Ligo de novo. E agora ela atende com um "Alô" sem fôlego. Provavelmente deve ter subido as escadas correndo ao ouvir o telefone tocar.

– Alô? – ela repete.

– Oi, Letícia – digo com a pretensão de que ela reconheça a minha voz. E o silêncio do outro lado da linha me faz perceber que eu tinha razão.

– Não acredito – fala. – Deixa eu sentar.

– Tudo bem? – pergunto sem jeito.

– Tudo, claro, quer dizer, tá tudo bem, mas...

– Olha, vou ser rápido – interrompo. – Tô voltando pra Porto Alegre, e não é pra fazer show com a Mel X nem coisa parecida. Preciso ver vocês. Tô ligando do aeroporto. Chego agora às seis da tarde.

– Peraí... Não tô entendendo.

– Quando chegar aí te explico tudo. Só quero que você me pegue no aeroporto, tá?

Novamente, o silêncio.

– Tá? – repito.

– Tá... – ela diz sem muita convicção. – Te pego às seis.

– Obrigado. A gente se vê no aeroporto então.

E antes que eu possa desligar, ela grita: – João?!

– O quê? – pergunto.

– Feliz aniversário – fala ela. – Parabéns.

Sinto a minha cabeça girar. E, antes que desabe e passe uma vergonha dos diabos em pleno aeroporto, desligo o telefone sem ao menos dizer obrigado. Mas existe algo dentro de mim que não me deixa esquecer que há anos não me sinto tão grato em minha vida.

9

São lentos os passos que me levam até o avião. Este caminho entre a sala de espera e a poltrona da aeronave sempre foi uma espécie de ritual para mim. Adoro esta sensação de não estar deixando nada para trás. Sempre foi assim. Apenas pegava um avião, e pronto. Parecia que uma nova vida estava começando. Mas hoje tudo parece diferente. Dói o fato de saber que não tenho vida em nenhum canto do mundo. Machuca quando penso que moro em um flat qualquer no interior de São Paulo. E há todo este sentimento novo de saudade, de querer estar com Melissa e, ao mesmo tempo, de rever o que deixei em Porto Alegre sem nenhum remorso. Amigos, família, amores. Mas enquanto sigo a linha amarela da pista do aeroporto, respiro fundo e percebo que existe uma coisa que sempre carrego comigo. É o cheiro das cidades por onde passei. Posso sentir o ar carregado de São Paulo entrando pelas minhas narinas e, com isso, me vem à cabeça todas as sensações de liberdade, medo e angústia de quando pisei aqui pela primeira vez, trazendo guitarras e sonhos de fama em minhas bagagens. E quando penso que isso deve fazer um mal danado à minha saúde, surge a lembrança do cheiro das folhas de árvores espalhadas no asfalto úmido de Porto Alegre. Agora estou prestes a sentir este perfume novamente. E não é à toa que não levo nenhuma mala comigo. Nenhuma peça de roupa. Nenhuma agenda com endereços. Nada. Estou embarcando de volta para casa. E volto com a alma nua. Porque agora finalmente chegou a hora. Este é o momento. Estou pronto para mostrar o verdadeiro João Pedro que sou.

10

Arrumo os meus cabelos no banheiro antes de sair pela porta automática da área de desembarque do Aeroporto Internacional Salgado Filho. Há alguns anos, eu costumava chamar isso aqui de estacionamento de aviões, de tão precária que era a infra-estrutura. Hoje tudo está novo, bonito, moderno. Deveria estar feliz em ver a minha cidade crescer. Mas não. Sinto saudades dos antigos corredores com o piso desgastado por anos de uso, dos monitores ultrapassados suspensos no teto, do aperto que, por muitas vezes, parecia estar me abraçando quando voltava para casa. Já na saída do banheiro, vejo Letícia. Não sei dizer o que me abala mais neste momento. Se é a sua beleza ou o fato de estar sozinha. Ela gira o corpo na ponta dos pés com as mãos no bolso do jeans, como sempre fazia quando estava nervosa. Os cabelos estão assumidamente ondulados e, sou obrigado a confessar, são muito mais belos e vivos assim. Afinal de contas, com um clima tão úmido como o de Porto Alegre, nenhuma escova dura mais que um dia. A sua pele começa a desbotar com a chegada do outono, como se fosse uma árvore que deixa cair as folhas para se vestir com o novo. Olho para os lados para confirmar se Mateus está por perto. Não. Ele não está por perto. Provavelmente está esperando no estacionamento, dentro do carro, pensando no que vai falar quando me vir. Finalmente atravesso a sala, e saio pela porta no exato momento em que Letícia faz seu último giro. Ela pára à minha frente. Aperta os olhos com força. Pisca. Passa as mãos em seus cabelos. E sorri. Quando vejo este sorriso se abrindo em câmera lenta, este sorriso de cor vermelho-claro, este sorriso com hálito de chiclete dietético de morango, sinto, então, que estou em casa. Sim. Estou em casa. E, no entanto, as palavras não saem. Continuam trancadas no peito. Por isso, só o que podemos fazer agora é nos abraçarmos. E coloco neste abraço toda a força que ainda me resta neste dia que já deveria ter acabado há horas.

– Tu tá tremendo – ela comenta. – Cadê a tua bagagem?

– Não trouxe nada – respondo. – Vim assim mesmo. Nem sabia que tava tão frio por aqui.

– Vamos – ela me puxa pelas mãos. – Tu parece cansado. Deixa eu te levar pra minha casa.

Não trocamos uma palavra até o estacionamento. Tenho medo de perguntar onde está Mateus, apesar de saber que é preciso mais do que nunca vê-lo novamente. Quando chegamos em seu carro, percebo que estamos sozinhos. Entramos ainda em silêncio. Letícia liga o ar-condicionado. Os meus pés, congelados, começam a esquentar.

– Nossa – falo. – Esqueci que era tão frio por aqui.

– E o frio chegou de repente.

– Assim que nem eu.

– É, assim como tu.

Quando Letícia sai do estacionamento e pega a avenida que leva a sua casa, lembro que sempre quando chegava em Porto Alegre, depois de uma viagem de avião, adorava pegar um táxi, sentar na janela, apoiar o braço no vidro, e ver a cidade se mostrar novamente para mim. Era uma espécie de boas-vindas. Por isso, faço o mesmo no carro de Letícia, e ficaria assim durante todo o final da tarde se ela não falasse alguma coisa: – Tu vai me explicar o porquê de tudo isso, né?

– Não sei se tem um porquê.

– Mas vai ter que explicar mesmo assim.

– Acho que primeiro tenho que explicar algumas coisas pra mim mesmo.

– Tá passando por uma crise tão existencial assim?

– Não faz piada, Letícia, é sério.

– Ok. É sério. Então seria legal se a gente conversasse.

– Mas não agora.

– Por quê?

– Porque agora preciso saber onde tá o Mateus.

Ela estaciona o carro em frente de seu prédio. Olho para cima e vejo que tudo continua igual. O edifício ainda possui o mesmo ar europeu que foi decisivo na hora em que eu aluguei o apartamento para morar com ela.

– Ah, João, aconteceu tanta coisa desde que tu parou de dar notícias pra gente – diz com os cotovelos apoiados no volante. – Tanta coisa.

– Tanta coisa com quem? Com vocês? Vocês tão separados? Mas eu ouvi a mensagem na secretária eletrônica ontem – tento adivinhar.

– Aconteceu com o Mateus, João.

– Aconteceu o quê?

– Pensei que uma das tuas irmãs tinha te contado.

– Não falo com elas há quase um ano.

– É que... – Letícia tenta falar e, imediatamente, começa a chorar.

Preocupado, puxo as suas mãos para perto do meu peito.

– O que houve?

– É muito injusto, João, muito injusto, não sei como Deus foi capaz de deixar isso acontecer com ele, João, às vezes acordo à noite e rezo, e quando rezo não faço nenhuma oração, apenas xingo Deus com todo ódio que nunca pensei que um dia teria...

Minha preocupação aumenta. Insisto: – O que houve?

– O Mateus, João, o Mateus sofreu um acidente, um acidente estúpido de moto e...

– ... e?

– ... e agora tá cego.

Caralho.

Abro a porta do carro, saio sem me importar com o frio e perco toda a noção de quem sou.

11

Ouço um barulho distante de talheres e pratos, e abro os olhos. Procuro algo familiar ao meu redor. Mas parece que as coisas estão diferentes por aqui. Vejo apenas dezenas de fotografias emolduradas espalhadas pela parede. Perto da janela, há uma mesa com um computador e uma estante com diversos livros técnicos de estratégia empresarial. Somente quando noto que o vidro continua rachado é que tenho certeza de que estou no outro quarto do apartamento de Letícia. Levanto com a cabeça latejando. Não consigo remontar o que aconteceu ontem à noite. Lembro apenas do frio, da dor, da surpresa. Percorro os meus olhos pelas fotografias. E então me deparo comigo aos quinze anos. Eu, Letícia e Mateus estamos sentados no muro de minha antiga casa em um abraço coletivo. Forço a memória e aquele dia passa em minha cabeça como se fossem imagens de um filme Super 8 corroído pelo tempo. Era um domingo também, e Letícia e Mateus haviam passado a tarde em casa para fazer um trabalho de história. Meu pai adorava que eles estivessem sempre por perto. Gostava de se divertir com os meus amigos. Talvez porque nunca conseguira se divertir ao lado do próprio filho. E aquela foto fora tirada pelo meu pai logo após um jogo emocionante de pebolim. Por isso, olhando com mais atenção, posso ver que o meu sorriso não é tão sincero assim. Hoje é fácil admitir que sempre tive ciúmes do jeito que o meu pai agia com Letícia e Mateus. Mais do que isso. Eu me sinto fracassado como filho diante de uma imagem dessas. É muita depressão em dois dias, penso, por isso deixo esta foto de lado e observo com atenção as outras. São mais recentes, de uns cinco anos para cá. Aos poucos, uma terceira pessoa se torna freqüente na maioria das fotos. Ao lado de Letícia. Ao lado de Mateus. Ao lado dos dois. Os três posam como se fizessem parte de uma família feliz e unida. Não fosse o fato daquela terceira pessoa ser o meu próprio pai.

Sento no sofá-cama e tento encontrar algum sentido nisso tudo. Queria acreditar em astrologia para colocar a culpa no inferno astral. Ou então tudo que estou vivendo não passa de ficção barata. Mas quem sabe a vida não seja isso mesmo: uma ficção barata, ordinária, classe B. E sou apenas um personagem mal escrito tentando descobrir o seu lugar neste enredo de desilusões e acontecimentos estranhos.

– Bom-dia – Letícia diz ao abrir a porta do quarto. – Como é que tu tá?

Arrasto o meu corpo para perto da parede com as fotografias. Falo: – Até que tô bem pra quem acaba de perder o emprego, é obrigado a se separar da namorada, descobre que o melhor amigo está cego e, de repente, vê que o pai não faz parte de sua família.

– Não sabia que tu tinha namorada – ela comenta enquanto me oferece uma xícara de café.

– Por acaso você já leu alguma coisa sobre um suposto romance de Mel X comigo?

– Alguém lá no escritório comentou.

– Pois é verdade.

Ela ri: – Verdade?

– Não é engraçado.

– Desculpe. É que ela é tão novinha pra ti.

– Sim, novinha demais, famosa demais pra andar com um guitarrista trintão que passou boa parte de sua vida se afogando em drogas.

– Já entendi. Te obrigaram a deixar a guria em paz, né?

Concordo movimentando a cabeça, e aponto para uma das fotos. Não quero mais falar sobre Melissa.

– Tu quer que eu te explique isso, eu sei, mas não tem muito o que explicar.

– Não tem?

– Tu sabe o quanto nós nos dávamos bem com o teu pai, e de uns anos pra cá ele é o melhor amigo de Mateus.

– Melhor amigo?

– É, estão sempre juntos, e tu não tem idéia do quanto ele tem ajudado. O Mateus entrou numa depressão enorme depois do acidente. Sorte nossa que o teu pai tá sempre por perto.

De repente, todo o meu corpo começa a doer. Lembro do meu pai conversando comigo quando era criança, dizendo que eu era o seu melhor amigo. Talvez aquilo não fosse uma afirmação, fosse um pedido.

– Aliás... – Letícia continua – Eles estão juntos agora.

– Eles quem?

– Teu pai e o Mateus.

– Juntos? Agora?

– Sim, foram pescar na praia do Cassino. Nós vamos nos encontrar no feriado da Páscoa.

É claro. O feriado de Páscoa sempre foi um ritual para o Seu Campos. Finalmente tudo se encaixa em minha cabeça: – Você quer saber por que voltei, Letícia?

– Tu sabe que quero.

– Porque tá na hora da gente pescar.

– A gente?

– É, a gente. Eu, você, Mateus, o meu pai.

– O que tu tá falando?

– Tô falando que tá na hora da gente pescar – repito enquanto entro no banheiro para lavar o rosto. – Vamos, você tem que me levar até o Cassino.

12

Letícia entra no carro com os cabelos molhados e então lembro que ela surgiu em nossa vida em uma segunda-feira de chuva. A nova colega da turma 92 do Colégio de Aplicação, que chegava encharcada no primeiro dia de aula. Havia outras meninas mais bonitas sim, mas naquela manhã todos os olhares se voltaram à camiseta branca de Letícia, que estava completamente molhada. Talvez fosse a minha mania de querer ser diferente, como a minha família sempre disse, mas não quis saber dos seus seios. Perdi a respiração por causa de seus cabelos, de onde escorriam, juntos, água e fios castanhos perfeitamente ondulados. Imediatamente, Mateus percebeu que seu melhor amigo estava apaixonado e, com o seu carisma, logo agiu como cupido. Um ano depois daquela segunda-feira, eu e Letícia estávamos namorando. E Mateus estava sempre com a gente, como se nosso relacionamento não fosse completo sem a sua presença. Esta amizade saiu do colégio, entrou para o início da faculdade e só tomou o seu triste rumo depois que fui para São Paulo com a banda de rock. Quando percebi que estava livre em um mundo totalmente novo e repleto de possibilidades, esqueci todas as promessas. Ainda mantinha meu namoro a distância com Letícia, mas caía nos braços de qualquer mulher que se iludisse com a minha fantasia de rock star. A vida em São Paulo representou também o total corte com a minha família. Era uma boa desculpa para desaparecer da vida de quem nunca deu um único apoio aos meus sonhos. Era um verdadeiro foda-se à vigilância terrorista de minha mãe. Era uma resposta às gargalhadas de minhas irmãs caretas. O único que mostrou um pingo de orgulho foi o meu pai, mas ele nunca foi capaz de ficar do meu lado. Sempre deixou ser comandado pela minha mãe e a sua religião. E se era apenas pena que eu sentia dele, era melhor que o esquecesse de vez. Afinal, não há nada pior do que sentir pena de seu próprio pai.

Quando a banda terminou e todos voltaram para Porto Alegre, Letícia logo percebeu que o meu desejo era permanecer em São Paulo. Eu disse que ela era o único motivo para voltar, mas que não sabia se era o suficiente. A resposta que ouvi foi à altura. Ela falou para que não me preocupasse mais. Não havia mais motivos para eu voltar. Ela já não era mais a minha namorada. Duas semanas depois, Mateus telefonou e disse de quem Letícia era namorada agora. Foi um choque, mas algo dentro de mim sempre desconfiou que havia ali um amor escondido. Letícia demonstrava um respeito e um carinho por Mateus que jamais tivera comigo. Para ela, eu era um homem-bomba, a qualquer momento poderia explodir. Ou seja, era apenas o cara de quem ela deveria cuidar. O fato é que ofendi Mateus com todos os palavrões possíveis, e o que sobrou despejei em Letícia. É, Letícia tinha razão. A bomba explodiu. E, para variar, estragou com tudo, além de me fazer dar um mergulho sem fim em comprimidos, antidepressivos e todos os estimulantes que os traficantes travestidos de empresários me mostravam.

O engraçado é que, mesmo depois de tudo o que aconteceu, ainda considerei Mateus o meu melhor amigo. Até porque nunca tive outro amigo, acho. De Letícia, bem, guardava uma certa mágoa, porque o meu ego sempre teve certeza de que ela largaria toda a sua vida em Porto Alegre para ficar comigo.

Agora estamos os dois dentro de seu carro. E os seus cabelos molhados continuam a mexer comigo. Ela não acha uma boa idéia eu ir para o Cassino, não sabe como Mateus e o meu pai irão reagir. A prova disso é que ainda não falou para eles que voltei. Na verdade, Letícia quer me convencer a ir visitar a minha mãe.

– Ela sente saudades tuas, tu sabe.

– Ela só pensa naquela igreja.

– Não como antes.

– Não tenho nada pra falar com ela.

– Vamos ver as tuas irmãs, então.

– Por favor, Letícia, só quero pescar.

– João, é a tua família.

– Não. É a sua família.

– O que tu quer dizer com isso?

– Você sabe: a minha família agora é sua. Vocês são os filhos mais novos que os meus pais queriam.

– Não fala bobagem.

– Você sabe que tenho razão.

– Não, não tem razão.

– Olha, sei que você não tem culpa, mas o Mateus...

– O que tem o Mateus?

– Nada.

– Diz.

– Nada. Quero ir pro Cassino, por favor.

– Não quero ver vocês brigando.

– Não vou brigar. Prometo.

– O Mateus tá mal. Não precisa disso agora.

– E eu? Alguém tá preocupado com o que preciso?

– Será que tu não entende, João? Ficar perto da gente foi a única forma que a tua família encontrou de ficar perto de ti.

Gostaria de acreditar em suas palavras. Mas não posso. A verdade, agora, é algo que tenho que encontrar com as minhas próprias mãos. Como em uma pescaria. Eu preciso ficar concentrado em frente ao mar, esperando a verdade morder a isca.

– Pega a estrada, por favor – peço. – Você sabe que temos que passar por isso.

– Eu trabalho amanhã, João – Letícia fala. – Eu te levo, mas volto ainda hoje.

– Não, Letícia – digo. – Você tem que ficar.

– Mas, João...

Aponto para o adesivo colado no pára-brisa do carro onde se lê "Diretoria" e falo: – Você pode tirar esta semana, claro que pode.

Letícia responde com um silêncio. Acelera o carro pela pista da esquerda. Eu ligo o rádio e ouço uma voz familiar. Ainda é o mesmo locutor desde os meus quinze anos. O tempo passa, mas há sempre algo que nos leva de volta ao início. Abro um sorriso. Talvez daqui a uns dias eu até tenha vontade de reencontrar a minha mãe. Porque agora, ao olhar para o horizonte na estrada, posso sentir a presença de alguém mexendo as peças do tabuleiro por mim.

13

Entramos em uma cidade à beira da estrada em busca de alguma loja de roupas que esteja aberta em pleno domingo. Ainda estou com as mesmas peças de ontem, com exceção de um casaco de lã de Mateus que Letícia me emprestou. Ela encontra uma minúscula galeria e, ao sair do carro, levanto a gola do casaco com uma pompa fora do comum, como se pedisse licença ao frio. E tive sorte. Porque o frio é melhor assim, em dias ensolarados sem uma única nuvem no céu. Levanto o meu rosto e abro um sorriso largo enquanto deixo que o sol aqueça as minhas bochechas. Sim, estes são os meus dias prediletos. A luz não é tão forte como no verão, quando os nossos olhos são constantemente ofuscados. Possui tons alaranjados, e, às vezes, é possível ter a perfeita impressão de que alguém está banhando a paisagem com tinta guache.

Na loja cheia de cabideiros por todos os lados, compro calças, camisas, moletons, cuecas e meias. Letícia pergunta se vou ter coragem de vestir tudo aquilo. Nós rimos com a combinação esdrúxula das roupas, e ela comenta que Mateus se tornou muito mais vaidoso depois do acidente. O que os outros vêem nunca foi tão importante para ele. Há uma certa raiva em mim a cada vez que penso que o Mateus que cresceu comigo agora não pode mais ver os jogos do nosso time de futebol, as fotografias da nossa adolescência, as comédias pornô-adolescentes que preenchiam as nossas tardes, o sorriso aconchegante de sua esposa. Será que ele é capaz de enxergar que Letícia nunca esteve tão forte? Porque estou há menos de um dia ao seu lado e posso afirmar com convicção que mulher alguma é capaz de se dedicar tanto ao amor quanto ela.

Letícia me perdoou sem ao menos ouvir desculpas.

E isso já faz toda a diferença.

14 ___

"Beto" toca no rádio.

– Putz! As rádios ainda tocam essa música?

– Ainda é a minha predileta...

– Incrível como o público não esquece. Nos shows é sempre uma das mais pedidas.

– Dá pra notar a tua mão aí.

– É?

– Quando fiquei sabendo que tu tava tocando com a Mel X, fiquei impressionada.

– Me achou um vendido como todo mundo?

– Não, tu sabe que sempre acreditei em ti.

– Mas fala a verdade: a Melissa não é tão descartável assim.
– Tu gosta mesmo dela, né?
– É muito estranho.
– Deve ser. A guria é tripoderosa.
– É, mas não é isso que incomoda. É toda essa pressão de fora, é a falta de privacidade.
– Em compensação, ela é milionária!
– É, mas aposto que você é mais feliz que ela.
– Será?
– Aposto que sim.
– Não, acho que não...
– É, sim. Acredite em mim.
– Como é que tu pode ter tanta certeza?
– Letícia, você tem ao seu lado as pessoas de que mais gosto.
Ela sorri timidamente. Ambos sabemos que acabei de confessar algo que estava trancado em minha garganta. Aumento o volume do rádio. Encosto a minha cabeça na janela do carro. É melhor dormir um pouco.

15

Se você não conhece o litoral gaúcho, ouça o meu conselho. Não conheça. É o litoral mais feio de toda a costa brasileira. Até poderia usar outro adjetivo. Mas fazer o quê? É feio mesmo. Muito feio. Todas as praias são de mar aberto e a água sempre oscila entre as cores marrom-escuro e chocolate. E por que, afinal, o litoral do Rio Grande do Sul lota no verão? Por causa do reencontro com as amizades da infância. Por causa dos bares e suas mesas de rua. Por causa dos namoros de férias. Você pode ter centenas de motivos para ir à praia, menos o mar. E o Cassino está ao extremo sul do estado. É considerada a maior praia do Brasil, alguns afirmam que é a maior do mundo, e possui molhes de quatro quilômetros de extensão. E é justamente por causa dos molhes que o meu pai tanto gosta de ir pescar no Cassino.

A noite cai quando chegamos à praia. A cidade está quase deserta, não há nenhum carro ou pessoa nas ruas. Meu pai e Mateus devem estar se dando muito bem para poderem passar uma semana inteira neste fim de mundo. Antes de chegarmos ao hotel onde os dois estão hospedados, Letícia pára o carro ao lado da orla. Abre a janela e sentimos o cheiro da maresia. Ela está em silêncio e não tira os olhos de uma criança que brinca com os seus pais. Finalmente, diz: – Tem uma coisa que tu não sabe.

Meu coração começa a disparar.

– Aliás – completa –, ninguém sabe ainda.

Giro as mãos pedindo para que continue.

– Ainda não tive coragem de dizer pro Mateus. Mas acho melhor contar pra ti. Tô grávida, João, grávida.

Suspiro. E falo: – Putz, Letícia, isso é maravilhoso!

– Gostaria de estar empolgada também – ela diz em voz baixa.

– Como assim?

– E o Mateus? – fala tentando segurar as lágrimas. – Já pensou o que o Mateus vai pensar quando souber que vai ser pai? Que não vai poder ver o filho dele?

– Conheço o Mateus, Letícia, ele sempre quis ser pai.

– Mas tu não sabe como ele tá. Ele tá agressivo. Não se conforma, não aceita.

– Quem sabe essa notícia não o faça mais feliz?

– Tenho certeza de que não.

– Que é isso, Letícia.

– Tô com medo de contar pra ele...

Aperto a sua mão. Digo: – Então somos dois, também tô morrendo de medo. Mas já que chegamos até aqui...

Letícia engata a primeira. E enquanto nos aproximamos do hotel, uma coisa fica bem clara para mim: viver nada mais é do que enfrentar os nossos medos.

O problema é que até agora apenas fingi viver.

16

Um dia, eu e Melissa estávamos sentados em um amplificador enquanto o seu pai ensaiava às vésperas de um show. Por mais que não gostasse de música sertaneja, era impossível não se emocionar com a paixão que ele colocava em suas canções. E mais emocionante ainda era ver o orgulho brilhando no sorriso de Melissa. Naquele dia, ela disse que antes de entrar no palco sempre lembrava da primeira vez que cantou ao lado de seu pai. Melissa tinha apenas seis anos e estava brincando perto da bateria quando, sem querer, começou a acompanhar uma das músicas. O seu pai, então, caminhou em sua direção e, sentado no chão ao seu lado, colocou o microfone entre os dois. Ele a pegou no colo e, juntos, cantaram com os rostos colados. E a cada vez que revia aquela imagem, Melissa esquecia todo o nervosismo e a platéia lotada gritando o seu nome. Por isso, ela sempre preferiu cantar de olhos fechados. Assim parecia que estava fazendo um dueto com o seu pai.

Depois daquele ensaio, Melissa perguntou qual era a melhor lembrança que eu tinha de meu pai. Pedi para que não tocasse no assunto, mas ela insistiu. Fiquei alguns minutos pensando, enquanto folheava o cardápio do serviço de quarto do hotel, e li sem querer a frase "suco de uva". E foi como se tivesse voltado aos meus oito anos de idade. Quando era criança, todos os verões eu viajava com meu pai de ônibus até o interior de São Paulo para visitar os meus avós. Era uma viagem longa. Dezoito, vinte horas dentro do ônibus. E o que eu mais gostava era quando parávamos em um restaurante na estrada, logo na entrada de São Paulo. Lá, o meu pai comprava sucos que vinham em embalagens plásticas transparentes com formato de cacho de uva. Eu era simplesmenente fascinado por aquilo. E o que me deixava mais contente é que, se eu estivesse dormindo, o meu pai descia sozinho ao restaurante e comprava o suco para quando eu acordasse. É isso. A melhor lembrança que tenho de meu pai é um gosto artificial de uva.

E, quando vejo o meu pai atravessando a rua no exato momento em que estamos entrando no hotel, é justamente o gosto de uva que me vem à boca. Ele começa amargo, mas à medida que o meu pai se aproxima, mostrando em sua expressão que está me reconhecendo, torna-se cada vez mais doce. E de repente sinto uma súbita vontade de que Melissa estivesse aqui. Para segurar a minha mão. Segurar a minha cintura. E, principalmente, segurar o meu coração.

17 ___

Sentado no capô do carro de Letícia, posso enxergar um navio encalhado perto da orla marítima. Imagino todas as histórias possíveis por trás desta imagem. Era carga que ele trazia? Eram turistas? Imigrantes? Escravos? Fugitivos? E o que teria acontecido com todas aquelas pessoas? Teriam ficado no Brasil? Em Cassino? Enfim percebo por que estou tão fascinado por este navio: é o meu reflexo que enxergo ali no meio do mar.

Nervosa, Letícia me puxa pela camisa: – Tu é louco. Só pode ser louco.

Desconverso: – Com sorte o meu pai vai achar que não passou de uma visão sobrenatural, sei lá.

– Como é que tu pode fazer uma coisa dessas? O que ele deve estar pensando numa hora dessas? Vamos embora, João.

Não, não sou louco. Estava nervoso. Com medo. Um pouco desesperado. Qualquer um no meu lugar poderia fazer a mesma coisa. Simplesmente congelei na hora em que vi o meu pai se aproximando. Entrei no carro, girei a chave e acelerei. Letícia, sem saber o que fazer, saiu correndo em minha direção. Freei, jogando o meu corpo contra a direção, abri a porta do carro e disse para ela entrar. E então viemos parar aqui. Em frente ao navio encalhado que bem poderia ter o nome João Pedro escrito na proa.

– Será que ele já contou pro Mateus? – penso em voz alta. – Porque não sei o que me dá mais medo, se é ver o meu pai ou o Mateus.

– Claro que contou – Letícia diz ainda nervosa. – Vamos embora.

– Não sei se tô preparado – falo.

Letícia empurra o meu corpo, abrindo espaço no capô, e senta ao meu lado. Com a voz baixa, pergunta: – Por que tu voltou?

– Já disse que não sei direito. Ontem, quando me vi com trinta anos de idade, percebi que sou o que sou por causa dos anos em que vivi aqui, ao seu lado, ao lado do Mateus, e pensei que seria bom respirar o mesmo ar que vocês novamente.

– Acho que tu não sabe ainda por que voltou.

– E isso importa?

Ela abre os braços como se estivesse concordando que, nesta altura do campeonato, tanto faz. Para minha surpresa, ela segura a minha mão. E pergunta: – Por que me ver é mais fácil?

– Sempre foi mais fácil falar com você, Letícia.

– Deixa eu perguntar de novo: por que tu quis me ver primeiro?

– Porque você tem essa capacidade, Letícia, essa capacidade de entender as pessoas.

– E se eu te dissesse agora que não tô conseguindo te entender?

Nós rimos juntos. A imagem do navio continua me assustando. E sem querer estou dizendo: – Por que você me trocou pelo Mateus?

– Eu sabia – ela suspira. – Sabia que era por isso.

– Viu como você me entende?

– Claro que te entendo, e sei que tu sempre mereceu uma explicação, mas não sei se vale a pena falar disso agora, depois de tanto tempo.

– Você não queria se mudar pra São Paulo, é isso?

– Não, João, não foi por causa disso, e eu não te troquei.

– Foi por insistência do Mateus, né? Ele sempre gostou de você. Eu sabia.

– Tu não vai gostar de ouvir a verdade.

– Talvez seja por isso que voltei, Letícia, pra ouvir a verdade.

Ela aperta a minha mão. Respira fundo e fala: – Tu é uma das pessoas que mais amo no mundo, João, tu sabe disso, mas tu é um filho-da-puta egoísta, egocêntrico, que sempre achou que o mundo é tu e ninguém mais, e eu não queria passar a minha vida ao lado de um cara assim, um cara que eu sabia que um dia iria acordar e iria se sentir fodido de tão sozinho, como aconteceu contigo ontem.

Se fosse cinco anos atrás, eu iria chamá-la de louca, pegaria as minhas coisas e nunca mais apareceria na sua frente. Mas a porra do navio não pára de me olhar. Sinto que ele quer dizer alguma coisa.

– É – digo com a voz trêmula. – Acho que você acabou de descobrir por que voltei.

Ela me abraça.

– Desculpa, João, desculpa, não deveria ser assim, eu sei.

Mas ainda há uma coisa que preciso saber: – Por que o Mateus?

– É esta a verdade que tu não vai gostar de ouvir, João.

Uma onda atinge com força o navio. E ele nem ao menos se move.

– Eu sabia que o Mateus era o homem da minha vida desde que nos conhecemos no colégio. Lembra que foi ele que fez com que a gente ficasse juntos? Hoje eu sei que havia me apaixonado por aquelas palavras que, por muito tempo, imaginei que fossem tuas, João.

– Mas eram dele – completo. – Eram dele, caralho, por que diabos ele abriu mão de você?

Ela sorri e diz: – Este é o Mateus, João.

Maldito navio encalhado.

Salto do capô e jogo as chaves do carro para Letícia. Falo: – Vamos embora.

– Tem certeza? Não vai chegar lá e fugir de novo?

– Tenho – respondo com convicção. – Cansei de ficar parado no mesmo lugar.

18

Este hotel até poderia ser considerado luxuoso. Se estivéssemos, claro, em algum ano da década de trinta. Hoje, é apenas um lugar envelhecido pelo tempo e pela maresia, mas que, ainda assim, mantém um certo charme com o seu lobby de pé-direito alto e elevadores com portas de grades de ferro. E, mesmo acostumado com os hotéis cinco estrelas exigidos pela produção de Melissa, existe algo aqui que faz com que me sinta bem. É a lembrança das primeiras turnês com a banda Gol, quando tocávamos em troca de algumas garrafas de cerveja e um lugar qualquer para dormir. Quando a minha vida fazia sentido a cada vez que pisava em um palco, mesmo que na platéia estivesse apenas meia dúzia de gatos pingados. Mas era para estes poucos malucos que sempre gostei mais de tocar. Lembro que, para espantar o nervosismo, focava o meu olhar sempre na mesma pessoa. E é o que faço agora. Enquanto o elevador sobe, com uma lentidão fora do comum, não tiro os olhos de Letícia.

– Droga, João – reclama ela. – Tu tá me deixando mais nervosa.

– Sabe que não lembro da última vez que vi o meu pai?

– Eu lembro – ela diz. – Foi a última vez que nos vimos, lá no aeroporto, ele deu carona pra ti. Tu tava arrasado por causa da banda, e ele te abraçou e te disse boa sorte.

– Não – digo. – Não pode ser. Ele nunca me abraçou.

– Eu tava lá. Eu lembro.

– Não, Letícia, ele nunca me abraçou.

– É tu que nunca o abraçou...

Fecho meus olhos. E, dessa forma, concordo com Letícia.

– Tá tudo bem – fala. – Vai dar tudo certo.

– Vai?

– Tu fez a coisa certa.

Encosto o meu corpo na parede do elevador. Estou cansado e, por alguns segundos, desejo que este elevador não pare de subir. Como o elevador do filme *A fantástica fábrica de chocolate* que chega ao último andar e, de repente, voa. Mas então lembro do navio encalhado. E penso no quanto não quero terminar daquele jeito, jogado e imóvel no meio do nada.

Chegamos ao décimo andar e o silêncio é quase assustador. A porta de ferro faz um barulho que ecoa por todo o corredor. Nós caminhamos lentamente até a porta de meu quarto. Mas, subitamente, paro.

– Acho melhor a gente ir direto pro quarto deles – digo. – Depois arrumo as minhas coisas.

Letícia me puxa pelas mãos. Ela aperta a campainha do quarto 1022. É tarde demais para fugir, penso, e, antes que possa ficar mais nervoso, meu pai abre a porta. Ele sorri para Letícia.

E quando olha para mim, vejo que, mesmo sem uma palavra sequer, ele está fazendo perguntas. Mas, somente ao enxergar um movimento tímido em seus lábios, percebo o que está sentindo. Ele é o meu pai, afinal de contas. E agora as perguntas não importam mais. Ele é o meu pai e está aliviado em ver que o seu filho está bem, inteiro, saudável. E neste encontro de olhares repletos de frases não ditas, lembro como descobri que se escolhesse alguém na platéia todo o meu nervosismo iria embora. Foi em um dos primeiros shows da Gol, em uma espelunca em Porto Alegre. Enquanto afinava a minha guitarra, senti que havia alguém me observando atentamente. Era ele. Era o meu pai. Como todo adolescente, primeiro quis que ele não estivesse lá, invadindo o meu espaço. Mas quando o show começou, simplesmente não consegui parar de olhar para ele. Naquela noite, imaginei que estivesse tocando com tanta paixão porque queria provar que não era o filho maluco que sempre me acusara de ser. Agora as coisas não estão mais embaçadas. A paixão que coloquei em minha guitarra foi a maneira que encontrei de dizer que estava feliz de tê-lo por perto.

– Entrem – finalmente ele diz. – Vocês devem estar cansados.

Mas é somente Letícia que consegue caminhar. Ela se dirige ao quarto e a ouço dizer "meu amor". "Meu amor", um termo que, por muito tempo, sempre achei piegas. E que, grosseiramente, proibi que Letícia usasse comigo. No entanto, neste momento há uma alegria em ouvi-la falar "meu amor" para quem realmente merece. É como se aquele "meu amor" também fosse para mim.

Eu não sei o que fazer. Continuo estático, parado entre o piso frio do corredor e o carpete puído do quarto.

– Entre... – repete ele.

Tenho vontade de perguntar se ele acha que é fácil. Mas então ele completa a frase: – ... meu filho.

As palavras saem engasgadas. Sim, agora os meus olhos já não estão mais embaçados. É difícil para o meu pai também. Por isso, aceito o seu convite. Entro. E quando a porta se fecha atrás de mim, mais uma peça se encaixa. O pescador aqui é o meu pai. E eu, bem, eu sou o cara que acaba de morder a isca.

19

Nos anos todos em que fiquei longe daqui, vivi em uma constante fuga do frio. Sempre odiei os shows que passavam pelo Rio Grande do Sul durante o inverno, e nunca acompanhei Melissa e os seus pais nas constantes temporadas em estações de esqui. A verdade é que o frio traz consigo sentimentos vivos demais. A cada vez que um vento gelado atingia o meu rosto, era como se fosse beijado novamente por Letícia. E, apesar de todo o seu amor pelo verão, o nosso relacionamento fora marcado por temperaturas baixas. Na noite em que começamos a namorar, por exemplo, fazia tanto frio que os seus lábios estavam rachados. E, sempre tão segura, Letícia me pediu um beijo. Um beijo que, por causa das dezenas de camadas de agasalhos que usávamos, foi seguido por um abraço desastrado. Era no inverno também que Letícia colocava a sua mão no bolso do meu casaco, algo que até hoje acredito ser uma das maiores provas de carinho que uma mulher pode dar. E, por fim, foi em um domingo nublado e úmido, ou seja, tipicamante porto-alegrense, que nos mudamos para o apartamento em que ela vive até hoje. Por isso, não fico nem um pouco surpreso ao perceber que sinto uma ponta de ciúmes ao vê-la de mãos dadas com Mateus. Afinal, o frio deste quarto está congelando os meus ossos. E esta é a primeira vez que vejo os dois juntos.

Mateus está com os cabelos raspados e usa um óculos de lentes azuis. Ele está parado em frente à varanda, de onde a brisa do mar vem com um frio fora do comum. E, apesar de saber que ele não pode enxergar, é impossível não ter uma incômoda sensação de estar sendo observado.

Nós quatro permanecemos em silêncio. Meu pai caminha até a varanda e acende um cigarro. É irônico, eu sei. O velho ainda não parou de fumar. E então finalmente Mateus diz: – Não pense que não tô sentido o cheiro de cigarro.

Meu pai sorri. Retruca: – É apenas o terceiro cigarro do dia, Mateus. Ainda estou na minha cota.

– E tu – Mateus fala dirigindo o seu rosto para mim. – Eu fiquei cego e tu ficou mudo?

É bom saber que ele ainda não perdeu o bom humor. Mas não consigo achar graça em suas palavras.

– Oi, Mateus – digo depois de hesitar por alguns segundos. – Tudo bem?

Ele puxa Letícia para perto de seu corpo e a leva para a varanda.

– Tu desaparece depois de me fazer sentir que sou o pior amigo do mundo e agora vem me perguntar se tá tudo bem?

É isso, penso, de um lado estão os três, de outro, estou eu.

– Não dificulta as coisas, Mateus – Letícia me defende. – Talvez as coisas não estejam nada bem agora, mas depois...

– E tu trouxe ele pra cá? Como teve coragem?

– Mateus, é o João. Esqueceu? O João.

– Sim – ele diz. – Acho que esqueci.

Meu pai joga o cigarro pela varanda. Ele toca o ombro de Mateus e fala: – É o meu filho, Mateus, e ele é o teu melhor amigo, tu sabes disso.

– Deixa – falo, querendo colocar um "pai" no final. Mas a recepção de Mateus me deixou totalmente travado. Não sei mais o que fazer. Por isso, continuo: – Deixa, acho que ninguém vai conseguir conversar com ninguém hoje à noite, é melhor ir pro meu quarto.

– Por favor, João, fica aqui – Letícia pede.

– Não insista – Mateus diz, abraçando Letícia com mais força. – Deixa ele ir.

Em silêncio, caminho em direção à porta. Meu pai me segue e, ao abri-la, diz: – Tu queres conversar, João?

– Sei que é isso que a gente deve fazer, mas talvez não seja o momento.

– Não estou falando do Mateus. Estou falando de nós dois. Tu queres conversar comigo?

– Quero, o senhor sabe que quero, mas agora preciso ficar sozinho.

Saio do quarto. Ele deseja: – Boa-noite, meu filho, nós nos vemos amanhã.

– Boa-noite – respondo.

Quando estou perto da porta do meu quarto, ouço a sua voz: – João!

Viro para trás.

– Tu podes me chamar de pai, sabia?

Eu levanto as sobrancelhas e sorrio com timidez. Coloco a chave na porta. E entro no quarto com a ilusão de que logo tudo irá se consertar.

20

O banho quente não é suficiente para afastar o torpor que, aos poucos, consome toda e qualquer esperança de que esta viagem tenha sido o melhor a fazer. Até ontem ainda pensava que eu é que deveria ouvir desculpas, mas, como temia, machuquei mais do que fui machucado. De qualquer modo, é difícil entender a reação de Mateus. Ele queria o quê? Que eu aceitasse a sua traição sem pestanejar? Ora, qualquer um em meu lugar faria o mesmo. Pessoas matam por isso. E eu apenas falei o que não devia, exagerei nas ofensas e desapareci. Não que eu esperasse uma recepção imperial, mas pelo menos um sorriso escondido. Um sorriso apenas.

Perguntas, dúvidas, cansaço.

Abro toda a torneira do chuveiro. Os jatos d'água massageiam minhas costas com força e, óbvio, não preciso muito mais do que isso para lembrar de Melissa. E, por coincidência, ouço a sua voz vindo do quarto. Desligo o chuveiro, enrolo o meu corpo em uma toalha e vou correndo para a frente da televisão.

Enquanto imagens de seus shows em uma grande casa de espetáculos em São Paulo surgem na tela, o repórter fala: – Fontes de sua equipe de produção afirmam que o cancelamento da última data na capital paulista é o fim de seu romance com João Pedro de Campos, guitarrista e produtor de sua banda, e doze anos mais velho. Tudo indica que a família de Mel X é contra o relacionamento. Sua assessoria de imprensa nega o boato, alegando estresse da cantora teen.

Não acredito.

Espera.

Agora é que não acredito: eu também estou na televisão. Aqueles jornalistas filhos-da-mãe estavam com uma câmera escondida no aeroporto.

– Nossa produção tentou contatar João Pedro – continua o repórter. – Encontramos o guitarrista no aeroporto, onde iria pegar um avião para Porto Alegre, sua cidade natal. Infelizmente, ele não quis dar entrevista.

Aperto a tecla mute do controle remoto, sento na cama e tento raciocinar. É difícil chegar a alguma conclusão no estado que estou, mas não há dúvidas. Pela primeira vez na vida, Melissa se mostrou contra uma decisão de seus pais. E eu? O que estou fazendo aqui? Por que não sou capaz de brigar por ela? Seria injusto demais. No fundo, acredito que os pais de Melissa têm razão. Se a notícia de que já estive envolvido com drogas se espalha pela imprensa, a imagem dela é triturada em dezenas e dezenas de páginas de revistas e jornais. Sem falar nos programas de televisão que mantêm a audiência com os podres da vida alheia.

Penso em telefonar para ela. Quero saber como ela está. E, então, o telefone toca.

– João?

É Letícia.

– Oi.

– Queria te pedir desculpas.

– Acabei de aparecer na televisão.

– O quê?

– Nada não. Fala você primeiro.

– Só queria te pedir desculpas pelo Mateus...

– Tá tudo bem, eu entendo.

– Ele foi muito estúpido.

– Onde ele tá agora?

– Tá lá embaixo, no restaurante, com o seu pai.

– Até o final da semana, eu domo a fera.

– Tomara.

– Tudo vai ficar bem, você vai ver.

– Eu tô voltando pra Porto Alegre agora.

– Voltando? Você não iria ficar aqui?

– Trabalho, João, trabalho.

– Mas eu pensei...

– Olha, o fato de eu ter um adesivo daqueles no meu carro significa que tenho que trabalhar o dobro.

– E você já contou pro Mateus? Da gravidez?

– Não, e isso é uma das coisas que tenho que resolver em Porto Alegre.

– Como assim?

– Esquece, esquece. De qualquer jeito, na quinta tô de volta.

– Bom, então... boa viagem.

– Te cuida. E lembre que teu pai tá do teu lado.

– Tá.

– Ei, João, o que tu queria falar mesmo?

Acho que Letícia já sofreu demais com os meus problemas. Por isso, digo somente: – Bobagem, era bobagem. Dirija com cuidado. Beijo.

– Qualquer coisa, liga pra mim, tá? Beijão.

Há algo diferente na voz de Letícia, penso. Mas já não a conheço como antes, quando era capaz de saber tudo o que se passava apenas pela velocidade de sua respiração. Ainda com o telefone na mão, novamente sinto vontade de ligar para Melissa. No entanto, o meu corpo implora por descanso. Deito nu e molhado sobre a cama. E quando finalmente fecho os olhos é que a verdade vem à tona. A voz de Letícia é a voz de uma mulher que está prestes a fazer um aborto.

segunda-feira

21

A dor de cabeça traz consigo a lembrança de noites controladas por comprimidos e álcool. Todos que conheceram o meu inferno afirmaram que eu estava tentando me destruir. Como se clichês fossem resolver alguma coisa. Recomendavam análises, terapia em grupo, consultas com pastores evangélicos. A questão é que muitas vezes você sabe exatamente por que está caminhando próximo à morte. Eu sabia. Não queria me destruir. Queria apenas esquecer que fora derrotado pela minha família, pelos meus amigos, pelas mulheres que freqüentavam a minha cama, pelos meus sonhos. O que você não sabe é por que, mesmo vendo e sentindo vergonha de seu estado triste, não consegue e não deseja parar. Às vezes, quando acordo tarde em dias como este, com a cabeça girando, é impossível não pensar que tudo começou outra vez. Então me olho no espelho e não vejo rastros de excessos antigos, e sinto que sou um cara de sorte. Eu consegui parar. Pelo menos por hoje.

E, se você me permite mais uma confissão, foi a juventude de Melissa que me fez querer acordar no dia seguinte. A ironia é que agora Melissa também me deixa perdido novamente. Afinal, de que adianta resolver o meu passado se não há perspectiva de futuro?

Mas, mesmo com a dor de cabeça nocauteando as minhas tentativas de reagir, levanto da cama. É tarde. Já passa do meio-dia. E pescadores acordam cedo. Por isso, nem me dou ao trabalho de procurar por Mateus e o meu pai. A esta hora, eles devem estar nos molhes de Cassino, com as varas de pescar na mão, bebendo chimarrão e conversando sobre o filho-amigo que reapareceu. Mas já não sou capaz de me sentir filho. Muito menos amigo. Porque, antes de ser filho, eu deveria ser amigo. Não é assim que tem que ser? Pois foi assim que aprendi. Desde pequeno, ouvia o meu pai dizer que deveríamos ser amigos. E sei que ele fez o que pôde. Ao contrário de minha mãe, ele sempre pareceu estar ao meu lado. As varas de pescar e a cuia de chimarrão estavam ali, esperando por mim. O que aconteceu de errado, afinal? Por que escolhi crescer sozinho? Talvez as respostas estejam nas próprias perguntas. Talvez escolher crescer sozinho seja o primeiro passo para não crescer. Talvez nunca tenha dado valor à amizade de Mateus porque fracassei em minha primeira tentativa de ser amigo de alguém.

Saio do hotel e caminho sem direção. O vento gelado seca os meus lábios. A cabeça parece doer mais. E, mesmo assim, caminho até alcançar os molhes. Vejo dois minúsculos corpos na outra ponta. Tiro algumas moedas do meu bolso e pago para que o vagonete me leve pelos trilhos até o final dos quatro quilômetros dos molhes. E enquanto caminho mar adentro, deixando o porto inseguro da terra firme, começo a entender a reação de Mateus. Tudo o que ele sempre quis, na verdade, era o meu perdão. Mais do que isso: a minha aprovação. Ele sabia, e só ele sabia, que nunca amei Letícia como ele amou. Eu quis somente a nova colega de camiseta molhada. E ele queria a felicidade. A felicidade que nunca chegou a ser completa porque, quando ele a teve, uma parte dele se perdeu. Mas agora faltam apenas dois quilômetros. Daqui a alguns minutos, estarei lá, devolvendo a ele o irmão que um dia prometi ser.

22 ___

Mateus usava jaqueta de couro e os seus cabelos louros eram compridos. Mais alto que os adolescentes de sua idade, caminhava de um jeito desengonçado, como se não soubesse o que fazer com o próprio corpo. Um dia, estávamos em uma loja de discos e vimos a foto de Jim Morrison na capa de uma coletânea do The Doors. Mateus levou um susto. Parecia que estava olhando para o seu próprio reflexo no espelho. Desde aquele dia, o The Doors se tornou uma espécie de obsessão para nós. Compramos toda a discografia da banda, lemos todos os livros de poesia de Jim Morrison em edições importadas de Portugal, experimentamos maconha e, graças a um bloco de uma tia médica de Mateus, comprávamos comprimidos de tarja preta. Por algum tempo, acreditei que o meu melhor amigo era o próprio Rei Lagarto. Um jovem de quinze anos que exercia uma paixão fora do comum em todos que o cercavam, com o olhar perdido e a fidelidade que só os solitários são capazes de oferecer. Não é à toa que o meu pai adorou aquele amigo de seu filho que estava sempre pronto para ouvir e aprender. Enquanto eu vivia em um mundo de sonhos, imaginando o dia em que seria um guitarrista famoso andando de limusine, Mateus era um sonho que se tornara realidade. O amigo perfeito, o objeto de desejo de todas as meninas, o pequeno homem de minha família.

Quando não tinha mais esperanças de qualquer relacionamento com Letícia, Mateus apareceu com uma chave em uma festa do colégio.

– Pega – disse ele. – Tá aqui a chave do meu apartamento. Meus pais foram viajar, e já tá tudo combinado com a Letícia, é só vocês irem até lá.

Naquela noite, Letícia usava um vestido curto com meia-calça preta. E o toque áspero de meus dedos sobre a sua meia-calça é a primeira lembrança que tenho do corpo de uma mulher. Deitado no sofá da sala do apartamento de Mateus, tudo o que desejava era despir as pernas de jogadora de handebol de Letícia. E provavelmente a maioria dos homens deve preferir lingerie e afins, mas nada é mais sexy do que a meia-calça amontoada nos calcanhares femininos. São como algemas que a impedem de fugir. Pronto. Agora ela será minha. Mas, claro, Letícia não foi minha naquela noite. Sua meia-calça foi a primeira peça de um strip-tease que duraria meses.

Era quase manhã quando descemos para que Letícia pegasse o seu táxi. E quando abrimos a porta do prédio, Mateus estava nas escadas de mármore frio, dormindo, com a jaqueta de couro cobrindo o seu corpo. Letícia ajoelhou-se ao seu lado, beijou a sua bochecha e, ao abrir os olhos e ver a felicidade em nossos rostos, ele sorriu. Sentei nas escadas e, juntos, eu e Mateus vimos Letícia entrando no táxi, sem demonstrar preocupação alguma com o fato de estar chegando em casa enquanto o sol nascia. Quando o velho Volkswagen vermelho partiu, ele bateu palmas, como se aquela madrugada tivesse sido tão importante para ele quanto para mim. Ficamos ali por alguns minutos, olhando a avenida vazia, em silêncio, até que entreguei a sua chave e disse: – Obrigado.

Mateus, então, levantou, vestiu a jaqueta de couro, arrumou os longos cabelos com a ponta dos dedos, abriu os seus braços e falou: – Caralho, João, tu faz eu me sentir um babaca romântico.

Nós rimos e subimos para o seu apartamento. Ele fechou um baseado, colocou um disco do The Doors para tocar e, antes que eu apagasse com o efeito da maconha, ouvi as palavras que até hoje reverberam em meus ouvidos: – Se um dia um de vocês foder com tudo, mato os dois.

Agora que posso vê-lo colocando os seus óculos escuros, sentado em uma cadeira de praia ao lado de meu pai, visivelmente incomodado com a minha súbita presença, descubro o que Mateus realmente quis dizer com aquilo. A verdade é que ele havia usado o plural quando, no fundo, o recado era somente para mim. Talvez já conhecesse as fraquezas do melhor amigo o suficiente para saber que eu não seria capaz de não magoar a mulher que ele amava. E o que mais me surpreende é perceber que Mateus me conhecia tanto a ponto de ter certeza de que as minhas fraquezas, ao contrário do que acontece com a maioria das pessoas normais, não diminuíram, apenas se tornaram cada vez menos aparentes debaixo da máscara que criei do artista repleto de mulheres, drogas e festas ao seu redor até o dia em que tudo explode, deixando cacos e restos de um homem que já não sabe mais o que fazer com a vida que lhe deram. Tenho vontade de sentar ao seu lado, encher a cuia de chimarrão e pedir para que ele me ajude a juntar o que restou de mim. No entanto, sinto apenas o vento gelado batendo em meu rosto enquanto o meu pai caminha em minha direção.

– Dormiste bem? – pergunta ele.

– Mais ou menos – respondo. – Tenho muita coisa pra pensar.

– É, acho que sim – ele diz enquanto acende um cigarro. – A tua mãe ligou de manhã cedo. Ela te viu na televisão.

– Ah, então ela sabe que voltei pra cá.

– Sim, mas não te preocupes, não falei que estás aqui.

– Não?

– É o que tu queres, não é?

Abro um sorriso tímido.

– Obrigado – digo. – Não sei se tô preparado pra falar com ela agora, aliás, nem sei se tô preparado pra falar com qualquer um de vocês.

Por alguns segundos, permaneço em silêncio, observando o meu pai soltar a fumaça com sopros fortes, como se, assim, estivesse colocando para fora palavras e sentimentos que não tem coragem de dizer. A maioria de nossas conversas sempre foi assim. Poucas frases e muitos cigarros. Quanto mais cigarros fumava, mais irritado ficava com algo que eu havia feito. Ou seja, em toda a minha vida nunca ouvira um sermão ou sentira a força de sua mão em meu rosto. Tudo o que ele precisava fazer era fumar um cigarro atrás do outro. Mas agora talvez seja diferente. Olha para mim como se realmente entendesse o que estou sentindo. E diz: – Sabes, João, tu não precisas falar nada para mim ou para tua mãe, não precisas explicar o que aconteceu durante todos esses anos. Somos teus pais e te desculpamos apenas por sermos teus pais. É assim que funciona. Talvez seja mais difícil para os filhos perdoarem os pais, mas os pais sempre perdoam os filhos. Por isso, meu filho, não quero de ti nenhuma palavra. Mas existem pessoas que precisam. Eu sei o que estás sentindo, eu sei que não sabes como lidar com Mateus, mas eu também não sei. E Letícia também não sabe. Estamos todos aprendendo. O que sabemos, no entanto, é que a tua volta significa muita coisa. E tudo o que precisas fazer é falar com ele.

Coloco a minha mão em seu ombro. Falo: – Mas ele não quer falar comigo.

– Não acredito que o tempo fez com que esquecesses como o teu melhor amigo age – diz ele, olhando com firmeza para mim.

Dou um passo à frente. E é como se finalmente tivesse força o suficiente para ajudar a mim mesmo. Caminho até Mateus, e sento em uma caixa de isopor. As palavras saem trêmulas: – Sei que você não quer ouvir o que tenho a dizer, mas queria pedir desculpas por ter fodido com tudo. Por ter magoado a sua Letícia, por não ter dado a mínima ao que você sentia.

Mateus continua imóvel.

– Desculpa – repito.

Mas não há nenhum sinal de resposta. Lentamente, levanto e caminho de volta em direção ao meu pai. De repente, a vara de pescar de Mateus começa a se mover. Em pé, ele movimenta o molinete, e logo vemos um peixe dourado, de mais ou menos um metro, sair do mar. Enquanto puxa a sua presa até os molhes, Mateus sorri. E, de repente, o sorriso se transforma em risos crescentes.

– Droga, João – Mateus fala entre um riso e outro. – Eu é que tinha que te pedir desculpas.

Meu pai corre para ajudá-lo a retirar o peixe do anzol. E eu fico sem palavras, sentindo o frio congelar a minha espinha, tentando entender como é que às vezes conseguimos ser tão estúpidos. A verdade sempre estivera aqui, bem à minha frente. Mais importante do que pedir desculpas é saber aceitá-las. É isso que faz de uma pessoa egoísta... ou não. Por isso, deixo para trás todas as lembranças das manhãs frias de minha infância, em que eu era obrigado a acordar cedo para ir à praia e, sem pensar duas vezes, atendo ao pedido de socorro de meu pai: – Caramba, João, estás esperando o que para nos ajudar?

É verdade.

Estou esperando o quê?

23

Estou praticamente dentro do mar, como se eu pudesse caminhar sobre a água que já não é mais cor de chocolate, somente um tapete ondulado de listras azuis e verdes, mas tudo o que consigo pensar agora é que, se erguer as mãos, posso tocar o céu. E talvez seja por isso que homens como o meu pai adoram pescar. Para se tornarem parte da natureza, uma natureza que esquecemos que existe quando estamos ocupados demais pensando se o trânsito vai andar, se o dinheiro vai durar até o final do mês, se o público vai gostar da última canção que escrevemos. E agora estou aqui. Fazendo parte de tudo isso.

Ao lado de meu pai e de Mateus, nós três em silêncio, apenas sentindo o fundo do mar na palma de nossas mãos.

E, apesar de tudo parecer estar em seu devido lugar, não sei exatamente o que fazer daqui em diante. Estou acostumado com as coisas desarrumadas. Sou como uma criança que não consegue encontrar o seu brinquedo depois que a mãe organizou o quarto. Seria muito mais fácil conviver com Mateus sem estar convivendo com ele. Mas, quando lembro da gravidez de Letícia, o sentimento de paz é devolvido ao furacão de meus pensamentos da mesma forma que devolvemos ao mar os peixes que pescamos.

– Qual é a graça de pescar se a gente joga os peixes no mar novamente? – pergunto em uma tentativa inútil de tirar Letícia de meus pensamentos.

– O peixe é apenas um detalhe – responde meu pai. – O que importa é o que tu pensas enquanto pescas.

– E tem gente que paga uma fortuna pra fazer terapia – diz Mateus.

É a primeira frase que fala diretamente para mim em uma hora e meia de pescaria. Quero tentar dar um passo à frente e iniciar uma conversa decente. Lembro que na época do vestibular, quando sabíamos que iríamos seguir caminhos diferentes, o que nos consolava é que tínhamos certeza de que poderíamos ficar anos e anos sem nos falarmos, porque, em um reencontro, as palavras sairiam normalmente. E era esta sensação que me fazia acreditar que sempre seríamos os melhores amigos. Uma sensação que nunca mais tive com ninguém. Depois de Mateus, depois de Letícia, as pessoas se tornaram temporárias em minha vida. Mas agora, mesmo reconhecendo nas primeiras rugas o amigo sósia de Jim Morrison, não sei o que dizer, não sei como agir.

Mas então lembro de minha conversa com Letícia ontem à noite. Começo a sentir um frio na barriga. É até irônico, porque quando éramos namorados, um dia Letícia me disse que estava grávida. E a minha primeira reação foi dizer que precisava fazer um aborto. Ela discutiu comigo, falou que queria ter o filho, que eu era um filho-da-puta, que só estava pensando em mim. Mesmo assim, não mudei de idéia. Não importava o que ela sentisse, desejasse, o que importava era que eu tinha apenas dezenove anos, centenas de projetos e uma criança iria acabar com tudo. Naquela noite, Letícia foi chorar no ombro de Mateus, como sempre fazia, e, no outro dia, foi buscar o novo exame. Não, ela não estava grávida. E agora está. E agora irá fazer um aborto. A palavra aborto fica martelando em minha cabeça, e de repente ouço partes da discussão que tive com Mateus quando soube que ele e Letícia estavam juntos. Uma das coisas que disse para mim foi que, na noite em que discuti com Letícia sobre a gravidez, ele havia se oferecido para assumir a criança.

– Caralho, Mateus, existe uma coisa que preciso fazer por você – digo.

– A gente precisa é conversar, e vamos conversar quando chegar a hora, tu vai ver – ele fala.

O frio na barriga aumenta. Tenho que sair daqui. Não posso ficar parado.

– Não, você não tá entendendo, preciso fazer uma coisa por você, mas é no hotel. – É impossível não esconder o nervosismo. – Sei que vocês vão ficar mais um tempo pescando, mas vou voltar pra lá, certo?

Os dois me olham com uma certa desconfiança, talvez pensem que eu possa fugir novamente.

– Não se preocupem, não é nada demais, só uma coisinha que tenho que fazer – minto. – Fiquem aqui, depois a gente se vê no hotel.

Não espero por um ok. Volto rápido para o vagonete. A barriga gela enquanto me aproximo da beira da praia. Ensaio mentalmente um discurso que faça com que Letícia mude de idéia, escolho com cuidado cada palavra, mesmo sabendo que na hora vou ficar tão nervoso que provavelmente irei dizer coisas sem sentido. Salto do vagonete com pressa, corro pelas ruas de Cassino até chegar ao hotel, estou sem fôlego, cansado, confuso, sem saber exatamente se acabei de reconquistar um amigo, mas nada disso importa agora. Tudo o que importa é que, lembrando daquela noite em que disse a Letícia que não poderíamos ter um filho, descobri o que nem ela, nem o meu pai, nem ninguém conseguiu descobrir sobre Mateus até agora. Existe uma forma de devolver a ele a sua visão. Porque sim, a sua visão ainda existe. E está nos olhos de alguém que ainda não nasceu.

24

Talvez você não acredite em destino ou em alguma força superior que determine cada acontecimento de nossa vida. Talvez você seja tão cético quanto eu. Talvez você também tenha perdido a fé em uma ou duas grandes desilusões ou, quem sabe, nas poças d'água das chuvas de verão sobre as quais costumávamos pular de pés descalços quando crianças. A verdade é que, ao entrar no saguão do hotel, percebo que tudo o que venho fazendo nos últimos dois dias é rezar. E são orações sem um juntar de mãos, muito menos um Pai-Nosso. São orações sem olhos fechados, orações que faço enquanto penso em tudo que aconteceu, em tudo que fiz, em tudo que queria consertar. E, para a minha surpresa, parece que realmente existe alguém me ouvindo. Porque, neste exato momento, me dou conta de que será quase impossível encontrar Letícia, já que não sei onde trabalha, muito menos o número de seu telefone celular. E, então, o senhor de cabelos grisalhos da recepção se aproxima de mim com um bilhete. É um recado de Letícia. E ela pede para que eu ligue com urgência.

– Ufa! – ela grita ao atender o celular. – Pensei que tu nunca fosse ligar.

Ouço barulho de buzinas, motores, apitos de policiais.

– Você tá no trânsito? Quer que eu ligue depois? – pergunto.

– Não! Precisamos falar agora.

– Ainda bem, porque também preciso falar com urgência com você.

– É, mas aposto que o meu assunto é muito mais importante.

– Não, Letícia, não é.

– Tá preparado?

– Não! – interrompo. – Deixa que falo primeiro!

– Sinto muito, João, mas tu vai ter que me ouvir antes – fala sem esperar que eu concorde. – Agora ao meio-dia fui pro apartamento, e tinha um recado na secretária eletrônica, não sei como ela descobriu o telefone, João, mas descobriu.

– Quem descobriu o quê?

Uma pausa. Se for mais uma notícia ruim, por favor me acorde. Isso só pode ser um pesadelo.

– A Melissa, João, a Melissa ligou – Letícia responde. – Tá aqui em Porto Alegre, escondida em um hotel, e tá te procurando.

– Puta que pariu – é só o que consigo dizer. Que diabos estaria fazendo Melissa em Porto Alegre? Como é que conseguiu fugir em meio a tantos seguranças? – Puta que pariu.

– E agora?

– E agora o quê?

– O que eu faço?

– Você tem que ir até o hotel, tem que encontrá-la, tem que trazê-la pra cá.

– Porra, João, tu sabe muito bem por que voltei pra Porto

Alegre, não posso simplesmente desmarcar tudo e procurar a Melissa.

– Tem, claro que tem, você não sabe o problema que vai dar se alguém descobre que ela tá em Porto Alegre – digo. – E tem mais: sobre isso que você vai fazer aí, por favor, não faça, estou implorando, você não pode fazer isso, tem que ter o bebê, esquece o aborto, esquece, busca a Melissa e vem pra cá.

– Tu não entende, não posso ter um filho com o Mateus desse jeito, tu acha que pode chegar de repente e já mudar tudo, não sabe tudo que passei, tudo o que teu pai passou. Ter um filho seria um suicídio – desabafa, e posso sentir que está segurando as lágrimas.

– Não, Letícia, tu tá completamente errada, ter um filho seria a solução de tudo, por favor, entenda – suplico. – Pense mais um pouco, por favor, desmarca o horário com o médico e vá atrás de Melissa.

Outra pausa. A minha cabeça começa a doer. É muita coisa acontecendo ao mesmo tempo. Ouço barulho de carros em alta velocidade. Provavelmente Letícia estacionou em um lugar qualquer e está pensando no que fazer. Tenho vontade de estar ali, ao seu lado, pisando com o pé esquerdo no acelerador.

– João – finalmente fala, com uma voz que soa muito mais longe do que realmente está. – Sabe, já pensei sobre isso, por um momento achei que a gravidez veio no momento certo, mas ele mal fala comigo. E não quero, não posso, cuidar disso tudo sozinha.

– Vai ser melhor, acredite em mim.

– Tá bom, tá bom – concorda. – Vou pensar melhor no assunto. Mas o que é que vou fazer com a Melissa?

Boa pergunta. O que fazer com Melissa? Nunca pensei que ela teria coragem de um dia enfrentar os seus pais. Respondo: – Sei lá, vai no hotel e de lá você me liga.

– Caramba, João, a menina é uma popstar! – exclama

Letícia. – Uma popstar! Nem sei como falar com ela, vou ficar nervosa.

– Você vai ver, a Mel é normal, não tem nada de estrela.

– Ah, pode até ser, mas me deseje boa sorte mesmo assim.

– Boa sorte – falo. Letícia desliga o telefone, e eu me jogo na cama. A cabeça começa a latejar, como se existissem cinco DJs de tecno promovendo uma rave dentro do meu cérebro. Tento imaginar como foi a fuga de Melissa, penso em mil e uma hipóteses de filmes hollywoodianos, e então lembro o quanto aquela menina é esperta. Abro um sorriso largo, olhando para o teto, enquanto o meu corpo lentamente se enrola com o cobertor. O frio está indo embora, penso, o frio está indo embora. E assim adormeço, acreditando na esperança de que tudo comece a dar certo. Seja lá o que signifique tudo, seja lá o que signifique certo.

25

Então um dia as canções de amor acabaram. Simples assim. Acabaram, terminaram, esgotaram, pegaram as suas notas e foram embora. Partiram sem partituras. E eu fiquei ali, jogado no canto de um apartamento vazio, abraçado ao que sobrara de minha vida. Uma guitarra berrando por socorrro sobre harmonias desconexas. Mas o que é isso, pensava, o que é isso que está acontecendo comigo? Desde Elvis Presley e "Love Me Tender", desde James Brown e "Try Me", desde Everly Brothers e "(All I Have To Do Is) Dream", desde que a música pop é pop, foram sempre as canções de amor que provaram que alguns versos sobre alguns acordes poderiam tocar as pessoas. A impressão que tenho é de que apenas as canções de amor são capazes de descobrir o caminho da alma. O que é a alma, afinal? Onde ela está? Quer saber a resposta? Ouça os primeiros trinta segundos de "Smoke Gets In Your Eyes" e você vai descobrir. E, em um desses dias de comprimidos, garrafas vazias e felicidade em pó, coloquei a minha mão sobre o peito e não senti alívio ao notar que o meu coração ainda batia. Porque até o mais morto dos corações pulsa. E o meu estava mais do que morto. Estava sem alma.

Não havia mais sentido em continuar compondo se já não ousava tentar desnudar a alma de alguém. Por isso, tudo o que pude fazer foi tocar a música dos outros, os sucessos das rádios populares, assumindo o lado mais piegas da vida em uma última tentativa de acreditar em algo que não fosse palpável.

Mas as canções de amor são teimosas. Voltam. Por mais que críticos, jornalistas e especialistas insistam em declarar o contrário, enquanto choram escondidos sobre os jatos d'água fria do chuveiro de um banheiro grande demais para os seus muros de isopor. Por mais que novos movimentos surjam em pistas de dança de clubes noturnos movidos ao ritmo desenfreado do desejo. Por mais que pessoas estúpidas como eu tentem fugir. As canções de amor sempre voltam. Elas nos assustam na próxima esquina. Assassinam o nosso ceticismo enquanto dormimos. Mutilam as nossas defesas em refrões versados por lágrimas.

Sim, as canções de amor sempre voltam.

E quando mais precisei delas, Mel, Mel X, ninfeta, lolita rock and roll, Melissa do pecado que veio para perdoar, sorriu para mim e disse: – Eu quero as suas canções de amor.

Ah, as canções de amor são assim mesmo.

Um dia estão em São Paulo.

No outro, em Porto Alegre.

26

Estou na varanda do quarto do hotel, tenho a nítida impressão de que o navio encalhado está se movendo, quando, finalmente, ouço o telefone tocar. Nervoso, corro até o aparelho, e Letícia não espera o meu alô para começar a falar: – Ai, João, não sei se levar a guria praí vai ser a coisa certa. Parei num posto de gasolina pra poder falar com o médico e desmarcar a consulta e aí resolvo comprar o jornal. E, putz, já tem uma nota de que há boatos de que ela desapareceu, tem gente que diz que é seqüestro, mas a família nega tudo. Não sei, não sei, acho que é melhor a gente dizer onde ela tá.

É claro que eles podem levantar a hipótese de seqüestro, mas o pai de Melissa conhece a filha que tem. Deve saber que para encontrá-la é preciso me encontrar. E provavelmente já deve ter colocado Porto Alegre inteira em sua busca.

– De jeito nenhum. – Não quero decepcionar Melissa mais uma vez. – A gente não vai dizer pra ninguém onde ela tá. E você vai trazê-la agora pro Cassino.

– Isso é perigoso, João. Vai que todo mundo ache que tu a raptou.

– Não pensa bobagem, Letícia, tudo é muito mais simples do que parece.

– Não sei se quero fazer isso. Além do mais, marquei o médico pra amanhã.

– Já disse pra você esquecer esta história.

– Tu tá aqui há dois dias, não sabe nada da nossa vida, não me venha com palpites – diz com a voz ríspida. – Cansei dos outros sentindo pena de mim.

– Não tenho pena de você, não tenho pena de Mateus, só quero que sejam felizes – tento acalmá-la. – Felizes ao lado de um filho.

Ouço um início de choro, e a ligação é cortada. Um minuto depois o telefone toca novamente.

– Desculpe – ela soluça. – Sei que tu tá falando tudo isso pro meu bem, e te agradeço por isso. Mas ainda não mudei de idéia. Mesmo assim, vou levar a guria até aí. Se for preciso, volto pra cá amanhã de manhã.

– Obrigado – digo com um sorriso na voz. – Obrigado, mesmo.

– Bom... – ela suspira. – Tô aqui na recepção do hotel, e não acredito que ela tenha se registrado como Mel X.

– Ah, ela sempre se registra com o nome de verdade.

– Nome de verdade? Tá brincando?

– Ninguém sabe o seu nome completo, até porque o pai é conhecido apenas pelo apelido.

– E posso saber o nome?

– Melissa Maria de Jesus e Silva – falo. – Sem nenhum glamour.

– Nossa... – ela reage com ironia. – Ok, vamos procurar pela Melissa Maria de Jesus e Silva então.

– Isso, procure, e tira ela daí agora porque não vai demorar muito pra alguém encontrá-la.

– Entendi, João – Letícia diz e desliga definitivamente.

Volto para a varanda. O navio está se movimentando, tenho certeza. Sem desviar os olhos do mar, tento descobrir como foi que Melissa conseguiu o telefone de Letícia. E como teve tanta certeza de que era lá que eu estaria? Relembro todas as nossas conversas em suítes de hotéis, ônibus de turnês, intervalos de ensaios. Os encontros nunca passavam de duas, três horas. Se estávamos a sós em um hotel, Melissa sempre me deixava dormindo, e voltava para a sua cobertura enquanto eu dormia. Quando acordávamos juntos, era porque a madrugada havia sido longa por causa de um compromisso, uma ida a uma boate patrocinada por uma revista de fofoca ou um evento estrategicamente selecionado pela sua assessoria de imprensa. E, quando chegava ao hotel, passava no meu quarto para me dar um beijo de bom-dia. No pouco tempo que ficava em sua casa no interior de São Paulo, Melissa e eu apenas nos encontrávamos no estúdio de seu pai com a desculpa de que estávamos trabalhando em uma nova música. E, nessas conversas rápidas e, ao mesmo tempo, maravilhosamente longas, ela simplesmente fazia com que eu falasse tudo sobre mim, algo que nenhum dos dezesseis terapeutas pelos quais passei conseguiu fazer. Melissa, mais do que ninguém, conhecia o João Pedro solitário, carente, covarde e autodestrutivo. Um homem que precisava de balanço, equilíbrio e, por incrível que pareça, aquela jovem mulher estava disposta a me dar tudo isso, mesmo sem saber nada do meu passado em Porto Alegre. Por mais que falasse de mim, nunca havia mencionado que fora quase casado, que vivera ao lado de Letícia, que tivera qualquer tipo de vida antes de chegar a São Paulo. Como, então, Melissa sabia onde me encontrar?

Alguém bate à porta. Grito que está aberta, e o meu pai entra no quarto. Ele caminha até a varanda.

– O que aconteceu? – ele pergunta, apontando para os molhes. – Tu queres que a gente confie em ti ou não?

– Desculpa – respondo. – Só queria telefonar e pedir pra Letícia voltar – minto. – Acho que vai ser legal nós todos ficarmos juntos novamente, há tanta coisa pra conversar.

Lembro de Mateus. Quero saber onde ele está: – E o Mateus?

– Está descansando no quarto – meu pai responde, e vejo que tem um cigarro entre os dedos. – O que está acontecendo contigo? O que aconteceu contigo nesses anos todos?

– Você sabe o que aconteceu. E sabe que tenho vergonha de falar sobre isso.

É verdade, não é fácil para mim conversar sobre a fase em que estava envolvido com drogas. Pedi ajuda às minhas irmãs, mas tudo o que puderam fazer foi tentar me convencer de que poderia me curar se voltasse para casa. E a minha mãe me telefonava todos os dias para lembrar que era necessário ir à missa. Mas o meu pai nunca telefonou, nunca me procurou, nunca disse uma palavra. Até hoje, quero saber os seus motivos para agir assim, mas não tenho coragem de tocar no assunto.

Ele acende o cigarro e, sem olhar para mim, diz: – Não estou falando das drogas.

– Sabe, a Melissa, aquela cantora famosa pra quem eu trabalhava, que os jornais dizem que estou namorando? Bom, a gente estava meio que namorando, e a notícia bombástica é que ela tá em Porto Alegre, veio me procurar, e ela vem pra cá com a Letícia, de carro – falo com pressa, como se quisesse evitar uma conversa mais longa.

Tento desviar o meu olhar do dele, mas então vejo um sorriso. Sim, ele está sorrindo. Com calma, daquele mesmo jeito que fazia quando tentava me explicar como colocar a linha no molinete, fala: – Eu sei.

– Sabe o quê? – Sinto que perdi alguma parte do assunto.

– Eu sei – ele repete. – Eu sei que Melissa está em Porto Alegre. Como tu achas que ela conseguiu o telefone de Letícia?

Não posso acreditar: – Como assim?

– Hoje de manhã, a tua mãe não me ligou apenas para dizer que tu apareceste na televisão. Ligou para avisar que uma jovem havia ligado para casa, perguntando pelo João Pedro. E ela deu o número do meu telefone celular.

É óbvio. Melissa procurou o telefone na lista, e eu e meu pai temos o mesmo nome. Sempre esqueço que tem um Júnior em meu nome.

– Quando atendi, a jovem ficou surpresa com a minha voz – continua ele. – Perguntei o seu nome, ela respondeu que era Melissa. Imediatamente imaginei que fosse a tua Melissa, meu filho, então disse que ela estava falando com o pai do João

Pedro. Riu, falou que realmente havia achado estranho o fato de teu nome estar ainda na lista telefônica de Porto Alegre, e perguntou se eu sabia onde tu estavas. Respondi que sim, mas que, quem sabe, ela poderia fazer uma supresa. Por isso, dei o telefone de Letícia. Mas não imaginei que Letícia iria fazer esta gentileza, apenas pensei que a colocaria em um ônibus, avião, não sei.

Não seguro uma gargalhada. Digo: – Pai, a Melissa é uma celebridade, e existem mil pessoas procurando por ela, está sumida, aprecio a sua idéia, mas é meio maluca.

– Procurando por quê? – ele não entende.

– Ela fugiu pra vir pra cá – explico.

– Fugiu?

– É.

– Por que nada é simples contigo, filho?

Abro os braços sem saber o que responder.

– É por isso que quero saber o que está acontecendo contigo – ele volta a falar.

– Não sei, não sei. Acho que ainda sou o mesmo.

– E é justamente isso que me assusta – diz ele ao apagar o cigarro na sola do sapato. – Tu és o mesmo.

– Algumas coisas não mudam – digo em voz baixa.

Mas ele sorri novamente: – Mudam sim, filho, eu, por exemplo, já estou fumando bem menos, e consigo passar uma semana longe de tua mãe sem sentir remorso.

Aponto para o meu próprio peito.

– Um dia tu vais mudar, tenho certeza. – Ele toca o meu ombro.

– Tomara – desejo, e seguro a sua mão.

Ele aperta os meus dedos com força. Diz: – Aliás, estás mudando. Já consegues conversar um pouco comigo.

Seguro uma lágrima. Existe algo dentro de mim que me

impede de chorar em frente ao meu pai. Mas, desta vez, não restam dúvidas de que o navio está, aos poucos, movimentando-se.

27 ___

A televisão está sintonizada em um daqueles diversos programas de fofocas que passam no final da tarde. Estou curioso para saber o que a imprensa está falando de Melissa. Mas, diferente do que acontece nos filmes, quando as pessoas sempre ligam a televisão na hora em que está veiculando uma notícia importantíssima para os personagens, não vejo uma nota sequer da suposta fuga, ou quem sabe seqüestro, da maior popstar do país. A assessoria de imprensa deve ter trabalhado muito bem – leia-se dinheiro – para encobrir o caso. Só que eu conheço esta gente, logo alguém vai abrir a boca, e não seria loucura se uma equipe de televisão estiver neste momento seguindo Letícia e Melissa. Você pode até acreditar que é muita estupidez quando uma pessoa pública agride um jornalista. O que muitas vezes a gente não sabe é o quanto os jornalistas também podem ser estúpidos. E a indústria da fofoca hoje é uma ótima fonte de renda. Às vezes penso que a vida das pessoas está tão vazia que a única forma de preencher este espaço é olhar para todas aquelas fotografias de famosos, quase famosos e aspirantes a famosos, em uma tentativa medíocre de estabelecer uma meta para o futuro. Eu fiz exatamente isso quando tinha os meus vinte anos de idade. E aconteceu o que aconteceu.

Melissa acabou de telefonar. Ela e Letícia já estão na estrada. Não quis entrar em detalhes sobre a sua fuga, disse que explicaria melhor quando chegasse. Para a minha surpresa, falou que havia muito o que conversar com Letícia durante a viagem, por isso não poderia demorar ao telefone. Esta notícia me deixou assustado, mas depois relaxei. Talvez uma nova amizade é o que as duas estejam precisando no momento.

Desisto de esperar por uma notícia na televisão. Decido, então, descer para a cidade e caminhar um pouco. Penso em convidar Mateus para me acompanhar, mas, ao voltar para o quarto, o meu pai reclamara que os dois haviam acordado muito cedo para pescar. Não quero atrapalhar. E estar sem Mateus ao meu lado não deixa de ser um alívio.

O azul-escuro está tomando conta do céu quando chego à rua. O frio machuca os meus lábios. Passo a língua sobre eles, trazendo com isso saudades do beijo de Melissa. Pela primeira vez desde a madrugada no quarto do hotel, depois que aquele ator de segunda categoria confessou que estava com ela apenas por causa da mídia, penso no dia de amanhã. Porque o dia de amanhã nunca existiu para mim, principalmente um amanhã ao lado de Melissa. Quando você está ao lado de uma celebridade, e sabe que não pertence àquele lugar, não há como conjugar o futuro. É suicídio. Todos os dias lemos notícias de artistas que se separaram de seus pares anônimos. Um lado da corda sempre cede, seja o famoso que usa a velha desculpa de que deve se concentrar em sua carreira, seja a pessoa normal que não agüenta a pressão de ter uma vida controlada.

Mas, agora, agora é diferente.

Olho para a cidade. Estou no Cassino, no extremo sul do litoral gaúcho, em um lugar onde a pessoa mais famosa deve ser o prefeito da cidade ou a Miss Verão do clube local. E, por mais que os pequenos municípios sejam repletos de fofoqueiras, que contam a todos cada espirro que você dá, existe aqui um respeito pelo ser humano que as festas disputadas, os restaurantes da moda e as boates badaladas já esqueceram há muito tempo. Aqui, talvez todos entendam que tudo que Mel X necessita no momento é de repouso e de sorrisos honestos. Cada um dos moradores que passa por mim sempre abaixa a cabeça, cumprimentando uma pessoa que nunca viu na vida.

Provavelmente seja por isso que Mateus quis tanto passar a semana da Páscoa aqui. Não é apenas porque adora pescar com o meu pai. Talvez saiba que aqui também é apenas um cego comum, não o advogado promissor que tragicamente perdeu a visão aos vinte e oito anos de idade.

Aqui, somos todos iguais: Letícia, Melissa, Mateus, meu pai, eu.

Caminho pela calçada que acompanha a orla marítima e tenho uma idéia boba, romântica, tola. Quem sabe amanhã eu e Melissa podemos estar aqui, andando de mãos dadas como jamais fizemos. É ridículo, eu sei. Mas não esqueça que você também acha ridículo ler uma revista de fofoca. E, mesmo assim, sabe quem está com quem, quem terminou com quem, quem está onde com quem, quem inagurou o novo apartamento e convidou quem, e pede desculpas, dizendo que devorou todas as fotos, e suas frases de coluna social, no cabeleireiro, no trabalho, na casa da sogra, quando, na verdade, você é mais um entre tantos canibais. Simplesmente se alimenta da vida alheia.

28 ___

Ovos de chocolate forram o teto do minimercado e, talvez pelo cheiro de cacau e de palha seca, sou transportado para a minha infância, em algum ano da década de 80. A idéia de passar um domingo inteiro comendo chocolate nunca foi das mais agradáveis. Preferia apenas abrir todos os ovos, ouvir o barulho do embrulho de papel celofane sendo desmanchado e saber quais bombons viriam no recheio. Agora vejo o quanto não aprendi com os pequenos acontecimentos da infância. Deveria ter prestado mais atenção no recheio de tantas pessoas. Os meus pais, por exemplo. Nunca tive coragem de encontrar o que havia por trás da embalagem de católica fanática de minha mãe, ignorando de forma egoísta a explicação de que tudo aconteceu por causa da morte de Cibele. Sim, Cibele. Você não a conhece? Pois bem, Cibele fora a quarta filha a nascer na família Campos. A diferença entre nós dois era de três anos. Não é à toa que eu e Cibele sempre fomos muito próximos. Éramos colegas nas aulas de música clássica, e toda a família sempre imaginou que seríamos uma dupla de irmãos pianistas prodígio. Mas um dia a minha mãe esqueceu de nos buscar no conservatório. Cibele, então com onze anos, decidiu que voltaríamos sozinhos. Eram apenas dois quarteirões, no entanto havia uma grande avenida para atravessar. A cena do atropelamento foi apagada de minha memória, o que, dizem, é uma forma de segurança do meu sistema emocional. O trauma, lógico, é grande. Quebrei uma perna, o que dificultou a minha vida de jogador de futebol. Ganhei algumas cicatrizes no rosto, o que algumas mulheres já acharam um charme. Perdi Cibele, provavelmente a única pessoa de minha família que me entenderia hoje. E agora pergunto: quem tem mais razão de sofrer? Eu ou a minha mãe? Por que o sofrimento dela tem que ser maior do que o meu?

E também não é por acaso que o meu pai foge de casa no feriado de Páscoa. O acidente acontecera em uma Quinta-feira Santa. Eu e Cibele estávamos ensaiando para o recital de domingo. Desde aquele dia, minha mãe se entregou a Deus. Acredito que ela esteja pedindo perdão nestes anos todos. E é melhor que esteja. Afinal, sua dor egoísta desestruturou uma família inteira.

Mas não é hora para pensar nisso. Quero escolher um ovo de chocolate para dar de presente a Melissa. A variedade de marcas, tamanhos e sabores me impressiona. Há vinte anos comprar um ovo de chocolate era uma tarefa bem mais fácil. Esta nostalgia, esta idéia de que as coisas eram mais simples quando era jovem, e que, na verdade, eu é que estraguei tudo, está me incomodando. Não ouso, pego a marca de chocolate de que mais gostava quando criança, e isso se torna quase uma revelação: sim, estou ficando velho. Mas agora não tenho tempo para me deprimir com os meus trinta anos. Mateus surge à minha frente, em silêncio, com passos excessivamente cautelosos.

– Pra quem é ovo? – pergunta.

Olho para os lados, procuro por meu pai, mas não há ninguém. Estou surpreso demais: – Como é que você sabe que sou eu?

– Pelo cheiro – responde ele.

A minha surpresa é maior ainda. E, pelo meu longo silêncio, Mateus deve ter percebido que estou de boca aberta.

Então ouço uma risada: – Desculpe, é brincadeira. Não tenho nenhum tipo de superolfato, vim com Seu Campos comprar umas cervejas, e ele te viu.

Também começo a rir. E não apenas pela piada, mas pelo humor de Mateus. Talvez ele não esteja tão ruim quanto Letícia acredita. Digo: – Você quase me enganou.

– Um dia, quem sabe, eu possa reconhecer as pessoas pelo cheiro, sabe. Nunca dei muito valor a isso, sempre achei uma grande bobagem, mas hoje sei que cada um possui o seu cheiro, essas coisas. – As suas palavras são tranqüilas, ao contrário das frases duras de ontem. – Mas me conta, o ovo é pra tal Mel X? Seu Campos me contou que a Letícia tá trazendo ela pra cá.

Seu Campos. Mateus diz isso com tanto carinho e intimidade que é impossível não sentir inveja. E eles bebem cerveja juntos. Sabe o que isso significa? Significa que são grandes amigos. Somente amigos saem para comprar cerveja para beberem juntos.

– Ah, ele contou? – Tento agir normalmente. – O ovo é pra Melissa, sim. Não é ótimo que a Letícia esteja vindo pra cá?

– Ótimo pra quem? – ele pergunta com ironia.

Não entendo: – Como assim pra quem?

– Deixa pra lá – desconversa. – Então é verdade? Verdade que tu tá com a Mel X?

Aperto com força o papel metalizado da embalagem. Um ruído estridente machuca os meus ouvidos. O tom da voz de Mateus muda a cada pergunta. Não sei se posso entrar neste jogo. Preferiria que ele decidisse colocar as cartas na mesa de uma vez, mas sei que tem razão quando diz que na hora certa nós iremos conversar. E esta não parece a hora certa.

– Sim, é verdade, Mateus – afirmo.

– Tu deve saber o que tá fazendo, não é mesmo? – Ele já não consegue disfarçar a ironia. – Tu pode estar arruinando a vida de vocês dois.

Decido usar da mesma moeda: – Você não acha que há muita vida arruinada por aqui, não?

Os seus olhos, escondidos pelo óculos escuros, miram o meu rosto. Ele balança a cabeça em reprovação. Ambos sabemos que estamos perto demais do furacão, da discussão que não irá deixar casa alguma sobre o chão. No entanto, permanecemos em silêncio. Somos dois inimigos sem coragem de apertar o gatilho pela primeira vez.

De repente, ouço passos no corredor. E o meu pai surge, por trás das prateleiras dos coelhinhos de chocolate, com uma caixa de long necks. Ele nos chama: – Ei, vocês! Quem quer cerveja?

Ele se aproxima de Mateus. Eu apenas respondo: – Obrigado, mas não bebo.

– Desculpe, filho – o meu pai fala. – Esqueci que tu...

– Que é isso... – digo. – Não tem problema. Vou dar mais uma volta pela cidade.

– Cara, deixa de ser bobo – Mateus me interrompe. – Vem com a gente, bebe um refrigerante, tá frio demais.

Tenho dúvidas se posso confiar em sua simpatia. Talvez seja apenas por causa da presença de meu pai, de Seu Campos.

– Tô com saudades do frio mesmo – recuso o convite.

– Tem certeza? – insiste meu pai.

– Tenho – enfatizo. – Boa cerveja, tô bem, não se preocupem.

Os dois sorriem e caminham juntos em direção ao caixa. Um ao lado do outro, os passos de meu pai guiando Mateus. Permaneço em pé, com o presente de Páscoa de Melissa em minhas mãos, sem saber para onde ir. Sou o cara que tem visão aqui e me sinto o cego. Imóvel, esperando por alguém me guiar. Todos os ovos de cholocate no teto, a minha infância acima de mim, a lembrança de Cibele dizendo que eu, o seu pequeno irmão, deveria tocar guitarra quando crescesse. Tudo isso foi roubado de mim, de uma forma ou de outra, seja por um carro, ou uma mãe que nunca conseguiu superar a perda de um filho, ou por uma doença que me fazia procurar cerveja em minimercados como este às cinco horas da manhã. A diferença é que sempre estive sozinho, sem ninguém para dividir a bebida comigo. E é assim que me sinto quando vejo Mateus tão próximo de um certo Seu Campos. Porque não é fácil, acredite em mim, não é fácil ver o seu pai sendo roubado de você.

29

Aos vinte e seis anos a minha vida só não era um verdadeiro clichê de sexo, drogas e rock and roll porque sexo era algo que já não conseguia mais fazer. Gozar é o que menos importa quando tudo o que você precisa é de mais uma dose. Das mulheres que levava para casa, só desejava um abraço na hora de dormir. Sexo? Ora, sexo era o que eu fazia quando colocava comprimidos debaixo da língua. Isso era sexo. Eu precisava mesmo era de companhia. Um cúmplice qualquer para ser avalista dos meus próprios atos. Um corpo escolhido a esmo somente para me conduzir ainda mais para o fundo. Uma boca para beijar no outro dia de manhã em um ensaio mentiroso de um dia-a-dia normal.

Mas uma noite, Nina, a garçonete de olhos puxados, me levou para a casa dela. Disse que eu não iria beber mais nada, não iria tomar nada, não iria fazer nada que não fosse com o seu corpo. Se fosse alguns anos antes, uma mulher me pedindo "me fode" seria a realização de uma fantasia. Olhei para ela, tão atraente em seu quimono vermelho, e apenas consegui desmaiar. Ela me levou para baixo do chuveiro, despertei com a água fria, mas não consegui levantar. Ouvi alguns palavrões, ri alto e, sem forças, adormeci ali mesmo. Quando acordei, já era manhã. Senti vergonha, nojo e raiva de mim mesmo. As imagens estavam embaçadas, não conseguia raciocinar, a cabeça estava explodindo. E o pior: não havia nenhum corpo para me consolar.

Até que Cibele apareceu.

Eu tinha plena consciência de que era um sonho. A Cibele que estava à minha frente ainda era uma criança de onze anos, vestindo a camiseta branca do colégio e uma saia plissada. E ela dançava, de olhos fechados, fazendo de seus braços pequenas asas de avião. De repente, começou a saltar, e começou a tocar uma guitarra invísivel com gestos graciosos.

Atordoado, levantei do chão gelado do banheiro, lavei o rosto e decidi ir embora o mais rápido possível. Beijei Nina, olhei para o relógio e percebi que estava atrasado.

Foi a última vez em que nos vimos.

Porque naquela noite eu tinha um show com o pai de Melissa. E você já deve saber o que aconteceu. Sim, foi naquele show que apaguei. E foi a partir dali que a minha vida recomeçou. Desde então, luto para que ela deixe de ser um clichê.

Às vezes, tudo o que você precisa é ter a certeza de que vai levar uma vida normal.

30 ___

Estou sentado na recepção do hotel com o ovo de chocolate em meu colo. Espero por Melissa e Letícia enquanto tento me convencer de que lembrar de Cibele não é uma boa idéia. Ainda mais perto da Páscoa. Por isso, concentro toda a minha atenção em uma minúscula televisão sintonizada em um programa de auditório qualquer. O som está desligado, e tudo o que ouço é apenas a respiração do jovem gerente do hotel, que lê atentamente um livro de curso pré-vestibular sobre o balcão da recepção. As minhas pálpebras caem, começo a me sentir hipnotizado pelas imagens e sinto vontade de dormir.

Feito um sonâmbulo, levanto do sofá e caminho em direção ao elevador. O gerente observa os meus movimentos sem tirar os olhos do livro. Quando estou prestes a apertar o botão do elevador, ele diz: – O senhor esqueceu a chave.

Volto ao balcão.

– Obrigado – digo ao pegar a chave do quarto. Noto, então, que ele está me olhando de forma estranha.

– Desculpe – finalmente ele diz. – Mas o senhor é muito parecido com...

– Sim, sou eu mesmo – interrompo. – E sim, ela tá comigo, quer dizer, vai chegar, e seria ótimo que você não falasse sobre isso com ninguém.

Ele sorri sem jeito. Fala: – Olha, não sei do que o senhor está falando, apenas iria dizer que o senhor é muito parecido com aquele simpático pescador que está hospedado com o cego.

Enrubescido, digo: – Ele é o meu pai.

– Ah... – diz ele com um tom de vencedor. – Eu sabia... E o cego é teu irmão?

Estou muito cansado para dar explicações.

– É, é meu irmão – falo enquanto caminho de volta ao elevador. – Boa-noite.

Talvez seja isso, então.

Durante quase dez anos tentei ser outra pessoa, mas a verdade sempre esteve em meu rosto. Existem coisas que você carrega para sempre, e elas não precisam de sua autorização para transitarem pelo seu caminho. Porque elas já nascem com você. Tudo é muito mais simples do que parece. No final das contas, por mais sucesso que faça, por mais fracassado que seja, por mais drogas que consuma, por mais diferente que tente ser, no final das contas você é apenas o filho de seus pais.

Por isso, ao deitar na cama para descansar um pouco, durmo em paz. Porque logo Melissa estará aqui. E finalmente poderá me conhecer de verdade.

31

O primeiro beijo de Melissa foi um primeiro beijo de cinema, começando com as suas costas contra a parede e terminando com as minhas contra o colchão, como se todos os primeiros beijos fossem o ponto de partida para o sexo. Mas quando me vi jogado sobre os lençóis, com o seu corpo sobre o meu, não conseguia sentir tesão, apenas pensava em tudo que havia lido em jornais e revistas, matérias cujas manchetes eram variações sobre o mesmo tema: a virginidade de Mel X. Não sabia até onde poderia ir, se poderia ir, se deveria ir, até que ela dirigiu a minha mão até a sua cintura e disse: – Não pára.

E não parei, mesmo que continuar fosse seguir um caminho já esquecido, deixando para trás anos de sexo como sinônimo de foda e não lambidas, chupadas, mordidas, apertadas, encontrões. Sim, eu a queria tanto, mas os movimentos do tanto haviam se perdido em trepadas de quinze segundos, onde o desejo pelo gozo não era maior do que o desejo pelo barato de uma droga qualquer. E controlado por uma adolescente, que adulta ficava a cada vez que os seus cabelos machucavam o meu rosto, redescobri a química da mistura de nós dois, eu, você, João Pedro, Melissa, homem, mulher, macho, fêmea. Mais tarde, enquanto a água mineral escorria pela minha boca, ela disse: – Nossa, João, você gritou.

Imediatamente tive um acesso de riso, alto, contínuo, logo acompanhado pela sua gargalhada estridente e aquele som, aos poucos, preencheu todo o espaço do quarto, e, então, tive esta certeza. Sim, eu havia gritado. Mas, na verdade, era apenas o som de um homem que, de volta ao útero, nascia de novo.

Naquela noite, Melissa abraçou o meu corpo e, pela primeira vez em anos, não precisei de comprimidos para dormir.

E é este mesmo abraço que sinto agora. Ainda estou dormindo, os olhos abrem e fecham, não consigo ver que horas são no relógio da cabeceira. E não é apenas um abraço, pés deslizam pela minha perna, uma língua umedece o meu pescoço. Espero pelos cabelos machucando o meu rosto, mas, quando finalmente acordo, não é a Melissa que conheço que enxergo agora.

– Ei... – sussurra ela. – Pensei que você iria estar me esperando acordado.

Esfrego os olhos. Demoro a processar a imagem. Finalmente, digo: – Melissa? Você cortou os cabelos...

– ... e estou morena – ela completa. – Gostou?

– É uma pergunta muito difícil pra quem acabou de acordar – respondo. – Mas você tá linda, sim, nunca tinha percebido o quanto o seu nariz é sexy.

– Ah, sei que você não gostou, mas, você sabe, tive que fugir.

Acendo o abajur e sento na cama.

– Aliás, você tem que me explicar essa história de fuga.

– Agora não, por favor, quando a gente acordar juro que falo tudo pra você, mas agora tô cansada, quero dormir, vem, me abraça.

– Já imaginou se o seu pai nos descobre?

Ela estica o braço e apaga o abajur.

– O meu, pai, João, não precisa descobrir nada.

Sou puxado para dentro dos cobertores.

– O que você tá querendo dizer com isso? – pergunto.

Ela me abraça, beija as minhas costas e fala: – De manhã eu explico, agora vamos dormir. Boa-noite.

Quero continuar a conversa, entender tudo o que está acontecendo, mas a mão de Melissa se fecha sobre a minha e, aos poucos, sinto o meu corpo relaxar. Com a sensação de que o mundo todo está me abraçando, adormeço.

32

Acordo com a luz do sol em meu rosto. Melissa está enrolada em um cobertor, sentada no degrau que leva à varanda, olhando para o mar. Em seu colo, o ovo de chocolate que comprei ontem à noite repousa em pedaços. Fico alguns segundos deitado, observando as suas mordidas lentas, tentanto me acostumar com a nova Melissa.

– Ei – finalmente falo. – Era pra você abrir o seu presente só no domingo de Páscoa.

Ela vira o rosto em minha direção. Sorri como uma criança que está sendo pega em flagrante e diz: – Até lá você compra outro pra mim.

Retribuo o sorriso: – Compro, claro, mas ainda acho que chocolate não é um café da manhã dos mais saudáveis.

– É, putz, você tem razão. O céu aqui é mais azul que em São Paulo. E achei que isso merecia uma comemoração.

Levanto da cama e caminho em sua direção. Sento ao seu lado, ela me beija um beijo com gosto de chocolate ao leite. Sim, estou com saudades, estou feliz de tê-la por perto, estou orgulhoso por ela ter a coragem que não tive. Porque agora parece que nós realmente nos pertencemos. Acima de nós, apenas o céu de azul irretocável. Mas preciso saber a verdade.

– Então, não vai me contar como chegou aqui?

– Você acha que fugi, não é mesmo?

– E não fugiu?

– Mais ou menos.

– Ninguém foge mais ou menos, Melissa.

Ela quebra um pequeno pedaço do ovo. Oferece para mim, nego balançando a cabeça, ela arqueia as sobrancelhas e coloca todo o chocolate na boca.

– Cansei, João – ela diz enquanto mastiga. – Simplesmente cansei das pessoas decidindo as coisas por mim. Sei mais do que ninguém o quanto a imprensa iria nos massacrar, afinal, convivo com este joguinho desde que nasci. Já disseram que o meu pai tem amante, outra filha, que é um safado, todas essas bobagens. E, ok, passei por cima de tudo. Mas agora sou eu, entende? E por que vou abrir mão de você por causa do que os outros dizem?

– Você sabe, não preciso dizer os motivos.

– É, sei, mas não me importo.

– Não?

– Não. Tô disposta a enfrentar tudo.

– Tá?

– Tô. E não sei se você tá, mas eu precisava provar pra você que eu tô, que a gente merece mais uma chance. Por isso...

– ... por isso fugiu.

– Não. Por isso dei um ultimato pro meu pai. Falei que se ele não me deixasse procurar você, largaria tudo.

– Largaria o quê?

– Tudo, ué. A minha carreira, os planos, tudo.

O meu olhar é de desconfiança. Ela dá um leve soco no meu braço e fala: – Pois o meu pai ficou com essa mesma cara que você tá. Não acreditou em mim. Sabe o que fiz?

Tenho medo de perguntar.

– Não apareci no show de sábado.

– Não apareceu? Simples assim?

– Simples assim.

– E?

– E aí disse pro meu pai que era pra ele me ajudar. Na verdade, implorei. Lógico que a minha mãe não poderia saber de nada. Mas, sabe como é, na verdade ele adora você. Ele disse que cobriria tudo apenas por uma semana.

– Cobrir? Como? Não tem como esconder as coisas da sua mãe.

– Ontem à noite ele soltou uma nota pra imprensa. Disse que tô estressada, sei lá, e que precisei passar uns dias num spa, hotel, não sei direito. A minha mãe ouviu a mesma desculpa, deve estar louca pra saber onde tô, mas ele vai falar que um dos motivos do meu estresse é ela. Horrível, não?

Horrível, sim. Mas bem que a xerife merece.

– Na nota diz também que no domingo de Páscoa vou fazer um show pra quem perdeu o de sábado, e vai ser um especial, com a participação dele também.

Ainda estou impressionado com a sua coragem, mas preciso saber: – Então você volta no domingo?

– Volto – responde Melissa. E, para a minha surpresa, completa: – E você volta comigo.

33 ___

Deitado na grama de casa, aos oito anos de idade, tão perto do céu. Brincando de descobrir objetos em nuvens. Olha, aquela é uma chaleira. E esta é uma xícara. Siga o meu dedo e você irá encontrar um torrão de açúcar. Falando em açúcar, estou vendo um algodão-doce. Tem também um travesseiro para aquele patinho deitar. Que patinho, que nada! Aquilo é um passáro. Você não vê? É um passáro que irá me levar para longe daqui. Para onde o sol nunca se põe. Para a casa que vou construir com tijolos Lego coloridos. E nenhum adulto nunca mais irá me encontrar.

Desde criança sempre fui assim. Apaixonado por fugas. Enquanto os meus primos enxergavam histórias infantis nas nuvens, eu imaginava o dia em que elas me levariam para lugares diferentes, desconhecidos e, mesmo assim, com cheiro de casa.

A verdade é que, mesmo seguindo todas as nuvens que me seduziram, nunca encontrei o cheiro de casa. Porque o cheiro de casa é o aroma do vento minuano do inverno do Rio Grande do Sul. Esse vento que arrepia os meus cabelos na varanda de um hotel da praia do Cassino. Olho para o céu e, pela primeira vez em trinta anos, não vejo nuvens. Apenas o aqui e o agora.

Por isso, não tenho certeza se posso ir embora novamente. Acompanhar Melissa significa deixar para trás o João Pedro que, aos trancos e barrancos, está tentando fazer parte de uma família novamente. Demorei muito tempo para voltar. Ir embora seria como varrer mais sujeira para debaixo do tapete. E o momento é de respirar fundo e levantar o tapete. Deixar que o pó se espalhe para todos os lados. Porque só assim posso fazer uma limpeza decente em minha vida.

Melissa sai do banho e, ainda molhada, abraça o meu corpo na varanda. Olho para o chão e vejo a toalha branca amontoada sobre os seus pés. Ela beija o meu pescoço e diz: – Ei, você não tá com saudade do meu corpo?

Não inventaram resposta para perguntas como essa. E, se inventaram, ela não é feita de palavras, frases, explicações com início, meio e fim. A minha resposta vem em um movimento brusco. Eu me ajoelho e deixo a minha boca falar o que sente em suas coxas. Nós caímos entre o piso de azulejos da varanda e o taco de marfim do quarto. Quando sinto todo o meu corpo dentro de Melissa, a verdade vem à tona.

– Pensei que você fosse apenas uma fuga...

– Não diga nada, continue...

– ... uma fuga como as drogas que tomei...

– ... não pára...

– ... mas eu tava errado...
– ... isso... mais fundo...
– ... você não é uma fuga...
– ... assim... assim que gosto...
– ... nos seus olhos, vejo o céu azul que se abre...
– ... mais rápido...
– ... se abre pra abraçar a minha vida.
– ... aaaaaaaaaaaahhh...

O meu corpo treme. E finalmente percebo que não é à toa que as nuvens trouxeram Melissa até aqui. Ficar com ela não é uma escolha. Melissa faz parte de tudo isso. O seu perfume também tem cheiro de casa.

– Eu te amo – digo sem saber que é a primeira vez que ouço a minha voz falar esta frase em mais de cinco anos. – Te amo. Mas não posso voltar agora. Por favor, entenda, ficar aqui é melhor pra nós dois. Pelo menos por enquanto. Até porque, acredite, nunca mais vou embora, muito menos vou deixar que você vá.

Com a toalha, Melissa protege os nossos corpos do frio. Beija o meu rosto. Ela poderia pedir todas as explicações que a minha confusão exige. Mas não. Apenas beija o meu rosto. E sem dizer uma única palavra, também fala que me ama.

Sim, não há nuvens no céu. Mas se eu prestar atenção, posso ver uma nuvem de poeira se dissipando acima de nós. Pronto. O tapete acaba de ser recolhido.

34 ____

Espero Melissa na frente do hotel, esfregando as minhas mãos para espantar o frio, enquanto ela procura notícias sobre o seu desaparecimento nos jornais da recepção. Tento me posicionar melhor para aproveitar o sol quando a vejo descendo as escadas.

Os cabelos curtos e negros estão protegidos por um boné, os olhos azuis ainda saltam mesmo escondidos pelos óculos escuros, o seu corpo pequeno veste um jeans e um casaco de nylon vermelho. Ela sorri e estende a mão. Por alguns segundos não entendo o seu gesto. Não sei se estou assustado por descobrir que a estrela de milhões de reais é apenas uma garota comum, ou se apenas perdi o costume de caminhar ao lado de uma mulher. Sem esperar a minha iniciativa, Melissa segura a minha mão e pergunta: – Vamos?

A sua palma da mão na minha palma da mão, assim, ao ar livre, aperta um pequeno botão e logo sinto que estou tremendo. Quero saber tudo o que está acontecendo, se a imprensa engoliu a desculpa de seu pai, se algum jornalista idiota já descobriu onde ela está, mas não consigo sair do lugar, quem dera falar alguma coisa.

– Vamos? – repete ela.

– Vamos, claro – respondo como quem acaba de acordar.

– Você tá nervoso? – ela pergunta enquanto damos os primeiros passos na calçada.

– Não, quero dizer, mais ou menos, é que esta é a primeira vez que andamos de mãos dadas.

Ela ri, e ri baixinho, uma risada pequena e só nossa, e isso me deixa mais nervoso ainda. Não estou tremendo somente porque estamos agindo como um casal normal. A verdade é que finalmente me dou conta de que o que mais me deixava nervoso em nosso relacionamento era justamente a idéia de que não formávamos um casal normal. O fato de estar envolvido com Mel X me deixava à vontade porque, no fundo, sabia que nunca estaríamos como agora, caminhando de mãos dadas na rua, firmando um pacto, dando um passo em direção à estabilidade. E o que aconteceu? Sim, sei o que aconteceu, mas o dia já começou com muitas confissões e, para ser sincero, tenho medo de admitir os meus sentimentos.

Absorvido pelas minhas inseguranças, mal consigo prestar atenção em suas palavras. Para a nossa sorte, parece que a imprensa foi compreensiva em relação ao seu falso estresse. E todos os fãs estão preocupados, mas empolgados com o show de domingo. Ela diz que é para esquecermos o assunto e aproveitarmos a semana juntos. Comenta também o quanto gostou de Letícia, e que sentiu uma ponta de ciúmes ao saber que ela já fora minha namorada. E que está ansiosa para chegar ao restaurante e conhecer o meu pai.

Não sei ao certo quais foram as intenções de meu pai ao marcar um grande almoço com todos nós. Eu, Melissa, Letícia, Mateus e ele. Gostaria que todos a conhecessem em uma outra ocasião, não em um momento em que tenho tantas coisas para resolver com cada um dos quatro. Mas talvez esta seja realmente a melhor hora. Afinal, Melissa nunca esteve tão despida como hoje. E é esta a Melissa que quero que conheçam.

Quando entramos no restaurante, depois de caminharmos três quadras, reconheço em meu pai a mesma simpatia de quando viu pela primeira vez Letícia e Mateus. E mesmo sem olhar para o lado, sei que Melissa está cativada. A minha primeira reação é apertar com força a sua mão. Não quero que ela também seja roubada de mim. A distância que separa a porta da mesa de repente é longa demais. E, assim, tenho tempo suficiente para que o meu corpo relaxe e, aos poucos, amadureço um pouco mais. A inveja que sinto de meu pai vai ficando para trás.

– Tu és mais bonita assim, ao vivo – ele diz ao levantar para cumprimentar Melissa. – Sejas bem-vinda ao Rio Grande do Sul, sou o João Pedro, o pai.

Melissa larga a minha mão devagar, abre um sorriso largo e o abraça. Vejo apenas um boné de time de basquete e um chapéu de pescador se misturando no ar. Perco a respiração. Uma tontura. Um aperto no peito. Uma vontade maldita de chorar.

Peço licença, digo que preciso lavar as mãos, saio com pressa. O caminho para o banheiro é mais longo ainda. O meu coração bate cada vez mais forte. Abro com força a porta e me debruço na pia. Depois de alguns minutos, ouço um barulho.

– Ei – diz Letícia. – O que houve?

– O que você tá fazendo aqui? – pergunto surpreso.

– Tu acha que pode enganar todo mundo, mas sabe que a mim tu não engana – ela fala enquanto pega algumas folhas de toalha de papel. – Vamos, limpa este rosto.

Pelo espelho, tento encontrar algum vestígio da gravidez em seu corpo. Lavo o rosto e digo: – Tá tudo bem.

– Como assim tá tudo bem?

– Tá tudo bem – repito. – E contigo? Tá tudo bem? Já desistiu da idéia do aborto? Sabia que a maioria das mulheres fica mais bonita quando está grávida? Você tá linda, sabia?

– Não muda de assunto, João.

– É bobagem, Letícia.

– Que bobagem é essa que te faz chorar?

Respiro fundo. Não adianta fugir de Letícia.

– É que agora entendi, Letícia, entendi.

– Entendeu o quê, pelo amor de Deus?

– Entendi por que sempre fui este péssimo filho que sentia inveja do pai.

– Tu sente o quê?

– Você sabe, você me conhece, sabe que sempre senti inveja dele porque todos vocês sempre gostaram dele, porque ele sempre parecia ser tão mais querido do que eu.

– Tu ainda não resolveu este assunto, João?

– Caralho, Letícia, há muito mais coisas que não resolvi... Por isso, voltei.

Não quero chorar mais. Mas é inevitável. Choro tanto que não tenho mais forças para ficar em pé. Letícia senta ao meu lado, seca os meus olhos com os seus dedos e fala: – Vamos,

João, põe pra fora.

– Eu e ele somos iguais, Letícia, é isso, sempre senti inveja dele, mas somos iguais, nós amamos as mesmas pessoas.

Ela sorri. E então me abraça.

– Bom, quer dizer que pelo menos isso tá resolvido, não?

Não, não está resolvido.

– O problema, Letícia, não é este.

– Qual é então?

Não quero dizer o que sinto. Mas já é tarde demais.

– Porra, se amamos as mesmas pessoas, por que não consigo amar a minha mãe? – digo com a voz engasgada, e dessa vez não tento segurar as lágrimas. Você sabe: voltar também significa admitir as próprias fraquezas.

35

Você sente vergonha de minhas lágrimas. Enrubesce sozinho enquanto lê estas páginas. Pensa em desistir, em fechar o livro, apagar a luz do quarto e dormir. Mas quero que saiba que, ao fazer isso, estará fugindo de todas as lágrimas que escorreram pelo seu rosto e que, habilmente, foram dissimuladas. E agora não há nada mais a fazer. Você simplesmente não tem escolha. As minhas lágrimas trarão de volta as suas, nem que seja à força, nem que para isso elas tenham que invadir a segurança de seu edredom, de seu travesseiro, de seus sonhos. Sou o seu pior pesadelo porque sou real. Não sou fruto de seu inconsciente, muito menos da imaginação de um escritor de quinta categoria. Sou o soco no estômago de linhas psicografadas por mãos conduzidas por almas como a sua. Você faz parte disso tudo e o estrago já está feito. Amanhã, quando acordar, e vir a minha vida jogada displicentemente na sua mesa-de-cabeceira, não irá resistir de levá-la junto com você, escondida na bolsa, entre contas para pagar e telefones de pessoas amadas que foram esquecidas pela falta de tempo.

Os meus olhos estão inchados. E não tenho óculos escuros. Vamos ter que aprender a conviver com isso. Mesmo com vergonha, sou levado por Letícia até a mesa do restaurante. Meu pai e Melissa conversam como se fossem velhos conhecidos. Mateus está quieto, deixando que o tempo passe enquanto brinca com os talheres.

Melissa me olha desconfiada: – Ei, o que aconteceu?

– Estavas chorando? – acrescenta meu pai.

Mateus suspira com tédio e reprovação. Não sei o que dizer. Peço ajuda para Letícia, tocando de leve a sua mão.

– Ah, o João tá emocionado apenas, emocionado em ver todos nós juntos, tá sendo difícil pra ele – ela explica.

– Que bobagem – Mateus resmunga em voz baixa.

– O que tu disse, Mateus? – Letícia pergunta, ríspida.

– Nada não – ele desconversa.

– Peraí, tu disse alguma coisa sim – insiste ela.

Meu pai coloca o braço em volta dos ombros de Melissa e tenta evitar o início de uma discussão: – Bem... estamos todos emocionados, não é não?

Mas Mateus suspira novamente.

– Ah, vocês querem saber? Não tô entendendo direito o que tá acontecendo aqui.

– Tu não tá feliz em reencontrar o João, Mateus? – pergunta Letícia. – Sei que é estranho, é estranho pra todos nós, mas, droga, é o João.

Ele larga bruscamente um garfo sobre o prato. O barulho ecoa pelo restaurante vazio.

– Será que sou o único por aqui que é humano? Que se sente feliz mas também puto da vida? Que não consegue entender como alguém pode dizer que me ama se desaparececeu da minha vida por cinco, seis anos?

– Acho que não deveríamos falar sobre isso agora – meu pai fala. – Não na frente de Melissa.

Ainda não sei o que dizer. Começo a me sentir em um julgamento, sentado no banco de réus somente ouvindo as pessoas falarem de sua vida.

– Bom, se vocês quiserem, posso ir embora, voltar pro hotel – sugere Melissa.

Silêncio. Ninguém sabe o que dizer. Com exceção de Mateus: – Não, Melissa, tu pode ficar. Desculpe. Eu é que tenho que ir embora.

Ele levanta da mesa e caminha com cautela até o corredor do restaurante. Letícia acompanha seus movimentos com olhos preocupados. Dou dois tapas em seu braço e digo: – Pode ir. Vai atrás dele, vai.

Ficamos os três em silêncio até que Letícia e Mateus saem do restaurante. De repente, ouço a voz de meu pai: – Então, Melissa, meu filho vale tanto a pena que tu és capaz de viajar até este fim de mundo?

Melissa estica o seu braço e toca a minha mão.

– Ô, se vale – responde.

Tenho vontade de chorar novamente. É muita sorte, penso, ter ao meu lado pessoas capazes de mudar o meu humor com apenas duas frases. Isso mesmo: sorte. Por isso, troco o choro por um sorriso.

Abro o cardápio. Tenho fome. Apesar de tudo, algo me diz que este vai ser um bom almoço.

36

Perto de onde as ondas terminam, Melissa surge pequena, enquanto eu e meu pai, sentados em um banco de madeira, esperamos com paciência a quebra de mais um silêncio. Com a mão esquerda, ele segura um cigarro. A direita se movimenta delicamente pelo ar, regendo uma orquestra, acompanhando uma melodia que só ele é capaz de ouvir. E quando vejo Melissa tirando os sapatos, acontece. Ouço violinos, trumpetes, harpas, um piano aqui e ali. Tenho a nítida impressão de que ela está dançando ao mexer os quadris devagar, seguindo a coreografia da brisa dourada que vem do mar. Dá dois passos à frente, um para trás quando a água ameaça tocar os seus pés. Em nada parece a adolescente de sensualidade excessiva que vemos no palco. É apenas a mulher que desejo e, assim, tão frágil em uma dança de uma música que não existe, penso que o meu desejo é maior do que imaginava.

Meu pai apaga o cigarro na sola do sapato. Com a ponta de seu Minister na mão, diz: – Essa menina age como se nunca tivesse visto o mar.

– E talvez nunca tenha visto – concordo. – Pelo menos não assim, tão tranqüila, sem fotógrafos por perto.

– Vale a pena viver uma vida assim? – pergunta ele. – Sempre me perguntei se a tua escolha havia sido certa, mas, bem, tu pudeste escolher. E ela?

– Talvez você esteja errado – falo. – Talvez eu e Melissa simplesmente não tivemos chance de escolher.

Ele tira o chapéu de pescador. Faz um sinal com a mão para que eu o espere. Levanta do banco e caminha até uma lata de lixo. Joga fora o cigarro apagado. Sorrio com a sua educação. Havia esquecido que o meu pai sempre fora uma pessoa educada, por menor que este gesto signifique.

– Tu queres falar sobre isso? – ele diz ao sentar novamente.

– Como assim? Por que não iria querer?

– Ora, meu filho, tu nunca conseguiste conversar comigo, tu sabes, e, desde que chegaste aqui, sinto que em algumas horas se ergue um muro enorme entre nós dois.

– Às vezes acho que existe este muro desde que nasci.

Os seus olhos desviam de mim. Ele volta a observar Melissa. Agora ela está sentada na areia.

– Sabe, sempre pensei que havia feito tudo o que podia para me aproximar de ti. E que romper com essa barreira fosse a tua obrigação.

Começo a ficar nervoso, sem saber o que dizer. Ainda bem que ele continua: – Mas hoje, ao ver vocês dois entrando no restaurante, me dei conta do quanto feliz eu estava porque, porque, oras, sou teu pai e consigo ver nos teus olhos o quanto gostas desta menina. Por mais absurdo que eu ache toda esta situação, talvez não seja à toa que estamos todos aqui, neste fim de mundo. Tudo conspira para que a gente converse. Ou acreditas que nós estaríamos sentados lado a lado se estivéssemos em uma praia paradisíaca? Acreditas?

O meu olhar agora é de admiração. Além de bem-educado, o meu pai é um dos homens mais sábios que conheço. Sabido, como o chamava quando era criança.

– Não, não acredito – digo, surpreso com a sua lógica.

– Então, agora sei que nunca é demais se esforçar para se aproximar do seu filho. E aqui estou.

Sim, ele está, do seu jeito próprio de ser, fazendo um pedido. Quer que eu tente. E é o que faço: – Ontem lembrei de Cibele.

Ele sorri. Continuo: – Demorei muito tempo pra apagar toda e qualquer lembrança de Cibele. E por alguns anos, desde que desapareci da vida de vocês, pensei que tinha conseguido. Mas aí é que tá: eu não escolhi entregar a minha vida à música, não escolhi, tudo o que venho fazendo é por causa de Cibele, é porque posso me enganar, me proteger com a bebida e tudo aquilo que você sabe que tomei, mas, droga, ela sempre tá aqui, repetindo que tenho talento, que vou fazer sucesso, que é pra enfrentar vocês todos e largar o piano clássico e comprar uma guitarra. E eu nem sabia direito o que era uma guitarra, pai, não sabia, e hoje não me sinto completo sem uma guitarra, é bobagem, eu sei, mas é a verdade. É por Cibele que fiz tudo o que fiz.

Suspiro, como se tivesse acabado de perder dez quilos. Meu pai coloca o seu chapéu e pergunta: – E valeu a pena?

– Quer saber mesmo? – falo com a voz engasgada. – Acho que eu a decepcionei.

– Nós todos a decepcionamos, João – ele diz, e as palavras saem fracas como o sol de inverno. – Eu e a tua mãe não soubemos como lidar com a perda de um filho.

– Mas, pai, isso não se aprende – digo.

– É... mas por agirmos de forma errada, acabamos te perdendo também.

Você já viu aquelas bolas gigantes de metal que as construtoras usavam para demolir prédios? É isso que sinto que acaba de atingir uma parte de mim, uma parte de nós. Um muro gigante começa a ser quebrado, destruído, e agora sei por que evitamos tanto por este momento. Porque pedaços de tijolos e concreto voam, e eles machucam mais do que poderíamos imaginar.

– Mas, mas eu voltei – falo no exato momento em que Melissa vira o seu rosto para nós e sorri. Retribuímos o sorriso, sem saber que, na verdade, estamos sorrindo um para o outro.

37

Nós costumávamos misturar vodca com cerveja até cairmos bêbados no carpete da sala de seu apartamento, aproveitando com toda a nossa adolescência cada minuto dos fins de semana em que os seus pais viajavam para o sítio. No primeiro copo, uma dose de vodca completada por cerveja. E à medida que o gosto forte do destilado desaparecia de nossa boca, aumentavámos a dose. Na maioria das vezes eu caía primeiro, e não raramente me arrastava até o banheiro, onde mergulhava a cabeça na privada enquanto Mateus gargalhava deitado no corredor. Mas havia momentos em que não sentia mais o meu corpo, somente tonturas, então ele parava de rir, levantava do chão e me ajudava a ficar em pé. Colocava a minha cabeça debaixo do chuveiro, acomodava todo o meu peso em suas costas e me jogava no sofá. Acendia um baseado, colocava um disco no aparelho de som e começava a falar do futuro, e, ali, no meio da sala, nós realmente parecíamos tão perto do futuro, despejando planos em frases lentas, sonhos que sabíamos que não iríamos lembrar no dia seguinte, quem dera realizá-los.

Letícia não entendia por que o seu namorado preferia passar o fim de semana bebendo ao lado do melhor amigo, e provalmente até tivesse razão. Aquelas noites não faziam sentido algum, mas alguns anos depois, quando tomamos pela última vez um porre de vodca com cerveja juntos, entendi o que realmente estávamos fazendo. Naquela noite, Mateus e eu resolvemos comemorar em grande estilo o lançamento do primeiro álbum da minha banda e o seu primeiro estágio em um escritório de advocacia. Aos poucos, os nossos projetos começavam a dar certo, mas ele demonstrava estar mais feliz por mim do que por ele e vice-versa. Era isso: todos os fins de semana que passamos juntos era uma forma de um apoiar o outro. Eu nunca acreditei que pudesse ter alguma carreira na música, mas ele dizia que sim, que tudo iria dar certo. E ele jamais pensou que um dia iria se tornar um advogado e, no entanto, sempre confiei em seu talento.

E, ironicamente, o agora é o passado.

Já não sei mais o que será de minha carreira.

Mateus largou o seu emprego depois do acidente.

Mas será que ainda temos força para sonhar? Será que existe um plano B? Será que um dia reencontraremos a esperança um nos olhos do outro? Quero desesperadamente acreditar em um sim para todas as respostas, enquanto Melissa me consola dizendo que no final tudo vai ficar bem, e, no entanto, tenho medo do final. Porque os escritores nunca nos contam o que há depois do ponto final, e eu sei que por trás de todo final está a vida real, esperando por nós com os seus dentes amarelados e os olhos vermelhos de sarcasmo. E antes que chegue ao meu final, ao final de nossa história, preciso saber se as palavras doces de Mateus não serão acompanhadas de interjeições ácidas uma, duas, três páginas, ou quando o livro é fechado.

Deixamos o meu pai na praia e voltamos ao hotel para bebermos um café bem quente. Mas, ao entrarmos no restaurante, vejo Letícia e Mateus sentados na mesa mais distante da porta. Paro debaixo do batente, olho para Letícia.

– Se você achar melhor, João, a gente sobe – Melissa diz.

Penso em responder que está tudo bem, que será melhor conversarmos, mas, de repente, Letícia faz um sinal de negativo com as mãos. Em silêncio, dou dois passos para trás.

Isso ainda não acabou, penso enquanto esperamos o elevador, nós ainda vamos ficar bem. Dentro do elevador, dou um longo beijo em Melissa. Quando sinto a sua língua em minha boca sei exatamente o que quero.

Quero algo que me faça esquecer que o caminho até o final é longo demais. Quero sexo. Apenas sexo.

38 ___

Às três horas da tarde de uma quarta-feira Letícia tocou a campainha de minha casa. Peguntou se realmente não havia ninguém. Respondi que não, que era desnecessário se preocupar, que todos estavam trabalhando e não chegariam antes das seis e meia. Ela sorriu, sem demonstrar o nervosismo que se espera em uma hora dessas, e caminhou até o meu quarto. Fechou a porta, tirou o seu casaco de nylon e os seus olhos passearam pelas paredes. Encostado no armário, ansioso, não consegui dizer uma palavra ao vê-la tirar os tênis sem pressa, depois as meias e subir na cama. E, ainda silenciosa e tranqüila, retirou todos os meus cartazes de bandas de rock da parede. Enrolou cada um deles, formando diversos tubos, e colocou ao lado da cama. Em pé, sobre o colchão, tirou o resto da roupa. Sorrindo, disse: – Não quero que esses cabeludos me vejam perder a virgindade.

Em nenhum dos meus quinhentos e noventa e cinco sonhos eróticos com Letícia eu cheguei a imaginar que a nossa primeira vez seria assim. Que ela assumiria este papel que, segundo a lógica da minha educação machista, deveria ser o meu. Fiquei estático por alguns segundos, esqueci de fechar as cortinas e acender as velas que comprara para tornar o momento mais romântico, e o próprio corpo nu de Letícia, que tanto tocara em banhos a dois no meio da tarde, não conseguia reconhecer. Tive, então, uma sensação que me acompanharia para o resto de minha vida sexual. Aquele momento em que você é apenas um menino deslumbrado à frente das curvas do corpo de uma mulher, sem saber exatamente o que fazer, por onde começar, se já deve começar.

– Coloca uma música – pediu Letícia.

Imediatamente peguei em minha coleção de discos um álbum do The Doors, mas logo fui interrompido: – Doors não, por favor, coloca um Stones.

Eu só entenderia o seu pedido alguns anos depois, quando Letícia colocou o *Flowers* para tocar novamente na minha despedida. No outro dia, iria pegar um avião para São Paulo, e ela falou: – Tu nunca entendeu por que gosto de Stones pra transar, mas então fique sabendo que, mesmo sem saber, tu aprendeu a lição direitinho. Tudo o que uma mulher quer de um homem é a combinação tesão mais romance que só os Stones têm, entende?

Entendi, claro. Só não entendi como uma adolescente de dezesseis anos conseguia formular uma teoria dessas. Mas, acredite ou não, funcionou. Naquela tarde, quando a agulha do toca-discos passeou pelos sulcos de "Ruby Tuesday", eu beijei pela primeira vez as coxas de uma mulher. E depois de uma rápida pausa para colocar o lado B, gozei, não por acaso, ao som de "Ride On, Baby". Ainda tivemos alguns minutos para nos abraçarmos enquanto ouvíamos "'Sittin' On A Fence". Ambos sabíamos que estive longe de fazer Letícia sentir qualquer coisa parecida com um orgasmo, mas este não é o objetivo quando fazemos sexo pela primeira vez, não é mesmo? Eu mesmo não lembro do que senti. Na memória, ficou apenas o som do xilofone da canção dos Stones.

Quando o lado B acabou, ficamos alguns minutos em silêncio. Quis perguntar se ela havia sentido dor, mas, na verdade, estava mais preocupado em saber se o meu lençol estava manchado de sangue. Ela levantou, pegou as suas roupas, disse que precisava ir ao banheiro. Pensei em algum lugar para jogar a camisinha usada, na verdade eram duas camisinhas porque não consegui colocar a primeira, e resolvi enfiá-las em um saco vazio de salgadinhos que estava na escrivaninha. Com um sorriso no rosto, Letícia voltou do banheiro e vestiu o seu casaco de nylon. Disse que precisava ir embora, concordei com a cabeça, e, em silêncio, eu a acompanhei até a parada de ônibus.

Eu queria perguntar se tudo havia sido como ela imaginara, se aquela tarde iria ficar para sempre em sua lembrança, se iríamos ou não transar novamente. Mas, talvez por causa de sua determinação, estava mudo. Quando o seu ônibus dobrou a esquina, ela me abraçou, beijou com carinho os meus lábios e falou: – Não fica com essa cara, foi ótimo, amanhã a gente se vê no colégio.

Fiquei alguns minutos olhando o ônibus desaparecer pela avenida e voltei para casa imaginando que, se estivesse em uma cena de filme, estaria cantando pelas ruas, tocando os calcanhares em um salto, estampando no rosto uma expressão de quem acabara de perder a virgindade. Só que não houve danças. Apenas coloquei as mãos no bolso, protegi o meu rosto do vento gelado e, com passos lentos, cheguei ao meu quarto. Coloquei o *Flowers* para tocar novamente e adormeci.

No outro dia, na hora de ir para o colégio, encontrei Mateus na mesma parada de ônibus. Sem nem dar bom-dia, ele logo quis saber: – E aí? Transaram?

Afirmei com timidez: – Sim.

E, para a minha surpresa, ele soltou um grito e me abraçou com força. Esta é uma das lembranças mais vivas que tenho de Mateus. Tudo em seu corpo parecia sorrir. Os olhos azuis, os longos cabelos louros, as pernas desengonçadas, os braços magros. Ele sorria por mim, por nós, e se não fosse por isso, nunca teria dado a devida importância à tarde anterior. A verdade é que sempre precisei da aprovação de Mateus. Os meus sentimentos não bastavam, era preciso que ele os sentisse também.

Agora, enquanto caio ofegante sobre o corpo nu de Melissa, tenho o estranho desejo de saber o que ele sente sobre isso. Sobre mim e Melissa juntos. Quero ter coragem para ignorar todas as suas atitudes ambíguas, segurá-lo pelos braços e dizer: – Porra, caralho, demorou mas tomei jeito na vida, e conheci esta mulher maravilhosa, será que você pode ficar feliz por mim?

Melissa percebe que estou com os pensamentos fora da cama e diz: – Você não vai resolver as coisas trepando desse jeito comigo.

O que ela quer dizer com isso?

– Desculpe, foi ótimo, mas não sou tão burra assim. É óbvio que algo está errado.

– Como assim errado?

– Você nunca me pegou desse jeito.

– Aonde você quer chegar?

– Sei lá, talvez você sinta ainda alguma coisa por ela.

– Ela quem?

– Ora, a Letícia, João.

Ciúmes. Como nunca pensei nisso antes?

– Que é isso, adoro a Letícia, mas não existe mais nada entre a gente – explico. – Tô até feliz por ela estar com o Mateus.

– Você nunca tinha me falado dela.

– Nem dela, nem de ninguém.

– Mas ela me contou tudo. E acho que é normal você estar com ciúmes, mas não desconte em mim, por favor.

– Não, não é isso, o que me incomoda é esta situação. Você não sabe como é ver o meu melhor agindo como se eu fosse, sei lá, um filho-da-puta.

– Quer saber a minha opinião? – pergunta Melissa enquanto veste a sua roupa. – Acho que todos vocês foram filhos-da-puta, até porque sei que Letícia sempre gostou de Mateus, mas agora azar, aconteceu. Mas ser filho-da-puta é fácil, magoar alguém não é difícil, o foda é aprender a admitir que você ama alguém mesmo depois de tantas pisadas na bola.

Ela consegue me deixar sem reação. Dezoito anos e é muito mais madura do que eu. Como consegue?

– E onde é que você aprendeu tudo isso?

– Meu pai é um filho-da-puta, minha mãe é uma filha-da-puta, e eles estão juntos até hoje, posso parecer uma bobinha pra imprensa, mas quando o papo é traição, sei muito mais do que qualquer um.

– Você quer dizer que todas as matérias que diziam que o seu pai tem amantes...

– Sim, é verdade – ela me interrompe. – Não é fácil conviver com todo o assédio de fãs e aquelas modelos vagabundas querendo um espacinho na mídia. Meu pai não é de ferro, você sabe disso. Mas eles se amam, amam mesmo, e ele não seria nada sem a força da minha mãe por trás, do mesmo jeito que a minha carreira já teria ido por água abaixo se não fosse por ela.

– Tá bom, tá bom – falo. – Mas o que a sua experiência sugere pra mim?

– As coisas vão mudar quando o Mateus descobrir que vai ser pai.

– Peraí, a Letícia...

– Sim, ela me contou.

– Mas ela iria...

– ... não vai mais.

– Como ela mudou de idéia?

– Às vezes, João, tudo o que uma mulher precisa é de uma amiga – Melissa diz, sorrindo.

Não sei como ela conseguiu, mas agora tenho certeza de que o meu pai tem razão. Nós não estamos aqui por acaso. Somos as peças que faltavam do nosso próprio quebra-cabeça.

– É só torcer para que ela tenha coragem de contar pro Mateus o quanto antes – completa ela ao fechar a porta da varanda. – Nossa, que frio. Isso aqui é o Pólo Norte, por acaso?

Tenho vontade de dizer que isso é a vida real, mas somente consigo me levantar e, ainda nu, beijo a sua nuca. E, dessa vez, a minha boca não tem gosto de vingança.

39

Versos e rimas de letras feitas de vento passeiam por entre os corpos que se encolhem nas ruas do Rio Grande do Sul. Os olhos cerrados, as mãos no bolso, a boca que solta fumaça. Somos dragões perdidos no paraíso. Personagens de uma mitologia tão particular. Você pensa que acreditamos que somos especiais, mas não é capaz de enxergar que somos somente árvores de raízes fortes, longas, gigantes. Nossos frutos dão do Oiapoque ao Chuí, nossos galhos servem de sombra aos mais distantes, nossos troncos estão prontos para serem marcados por canivetes de todos os credos. E, no entanto, não esquecemos de onde viemos, e se nos espalhamos feito baratas incômodas no verão é por não sabermos por que viemos.

Eu trago comigo a arte de cavalgar nos pampas.

Eu trago comigo a cuia de chimarrão que passa de mão em mão.

Eu trago comigo a saudade do Rio Guaíba, da fronteira de culturas distintas, do planalto que a serra comeu.

Eu trago comigo o abraço do poncho.

Eu trago comigo os lábios rachados, a pele seca, os pés gelados.

Eu trago comigo a poesia do frio.

Você é capaz de ler? Você é capaz de decifrar? Você é capaz de me aceitar?

Sem preconceitos, por favor.

Da janela de um quarto de hotel em São Paulo, eu queimava as minhas mãos em xícaras de chá. E esperava pela umidade escorrer pelas paredes. Sem saber, eu estava rezando. Uma oração para que tudo isso continuasse exatamente como está. E hoje, enquanto perco a noção de onde termina o mar e onde começa a noite, sinto-me feliz por saber que sim, tudo está como sempre esteve: o meu lar não é um estado. É um soneto.

40

Sem sono, fujo do corpo de Melissa para me acolher no frio da beira do mar. Se os dias não são doces, que venha o aroma salgado da brisa que arde nos meus olhos. Não estamos aqui por acaso, penso novamente, e, mesmo assim, ainda me pergunto se o acaso realmente existe. Quem sabe não seja apenas uma palavra que inventamos para justificar o nosso ceticismo nas pequenas coisas que tornam a vida menos monótona. Passamos boa parte dos anos tentando procurar um sentido, quando o sentido está à nossa frente. Estamos vivos, ora, este é o sentido.

Caminho sem direção e, de repente, sinto que há alguém perto de mim. É Letícia.

– Ei, você perdeu o sono também?

– Sono eu tenho, mas tenho coisas pra resolver também.

– A Melissa me contou que você desistiu do aborto.

– Essa menina é especial.

– Eu sei.

– Como é que ela pode ser assim com essa idade?

– Às vezes acho que as pessoas estão amadurecendo mais cedo hoje, mas tem outras coisas também.

– Por exemplo?

– Ela praticamente cresceu tendo que lidar com a mídia, com o sucesso, essas coisas.

– Cresceu em público, né? Entendo.

– E nós?

– O que tem nós?

– Quando é que a gente vai crescer?

Então Letícia pára de caminhar. Estende a sua mão. Dou dois passos para trás e dou mais do que ela quer, dou mais do que a minha mão, dou um abraço.

– Ele vai entender, você vai ver – digo.

– Queria acreditar em ti, João – fala ela.

Nós ficamos assim por alguns segundos, abraçados, em silêncio, ouvindo o som das ondas. O que ela não sabe é que também quero acreditar em mim. Mas agora não sou mais o João de três dias atrás. Hoje, sinto um certo frio na espinha, e ele não é conseqüência do inverno.

– Ei! – Letícia exclama.

– O que foi? – pergunto ao soltá-la de meu corpo.

– Aquele navio encalhado, João, acho que ele se mexeu.

Não consigo conter o riso.

Finalmente, descubro: o frio na espinha é o que as pessoas costumam chamar de esperança.

quarta-feira

41

Adormeci sob um céu de estrelas, mas são as gotas de chuva que me acordam. Isto não é um bom sinal, penso, talvez tenha sido cedo demais para falar em esperança. Os meus pés procuram as pernas de Melissa, quero estar seguro de que ela está aqui, que está tudo bem, e, no entanto, algo me diz que esta quarta-feira amanheceu com a cor errada. Com cuidado, saio da cama. É cedo ainda, quem sabe eu possa aproveitar o horário para ficar na varanda, esperando a chuva passar. Se ela passar, é claro.

Lavo o meu rosto com a água fria, quase gelada, como se precisasse de um choque térmico para despertar. Há marcas de lágrimas abaixo dos meus olhos. Talvez um dia elas se transformem em rugas. Talvez seja assim que a gente envelheça. Talvez estas sejam as marcas dos meus trinta anos que tanto procurei.

Abro devagar a porta da varanda. Acordar Melissa agora seria invadir a perfeição de um quadro de cores, formas e linhas que apertam o meu peito. O seu tornozelo foge do calor do edredom e, por alguns segundos, tenho o desejo de me ajoelhar e reverenciá-lo. Ou apenas segurá-lo com força, em um ato desesperado de quem está prestes a se afundar. Mas sigo o meu caminho. Os meus pés tocam o azulejo molhado, encolho o corpo, respiro fundo e sinto a chuva fina anunciar a tempestade.

Há algo de errado. E não é apenas uma espécie de sexto sentido que insiste em me dizer isso. Os meus olhos também. Duas vans estão estacionadas à frente do hotel. Algumas pessoas caminham de um lado para o outro, com copos plásticos nas mãos e cigarros acesos. Posso sentir a tensão aqui de cima. Eles consultam o relógio, conversam, olham para o alto. Ou melhor, olham para mim. Quando me vêem, saem correndo para dentro de suas vans e voltam com câmeras fotográficas apontadas para mim.

Sim, é cedo demais para falar em esperança.

Os filhos-da-puta nos descobriram.

E, com eles, chegou a tempestade.

42

O meu raciocínio está lento. Talvez seja o horário, talvez seja a surpresa. O fato é que não consigo pensar no que devo fazer, muito menos como encontrar uma explicação para a presença dos jornalistas. E eu sei. Eles são como urubus, andam em bando, sentem o cheiro da notícia. Logo Cassino estará cheio destes seres famintos por uma primeira página, por uma declaração fora do contexto, por imagens de ídolos caídos.

Sento na beira da cama, toco com carinho o tornozelo de Melissa, passo os dedos pela curva de seu pé. Ela mexe o corpo e, sem abrir os olhos, pergunta: – Que horas são?

– É cedo – respondo. – Mas acho que você deve levantar.

Ela puxa o edredom, cobre o seu rosto, as suas pernas nuas se encolhem por causa do frio.

– Ah, deixa eu dormir mais.

Deito ao seu lado, enfio o meu corpo debaixo do edredom. Ela abre os olhos, e, por alguns segundos, tenho a impressão de que o meu rosto é iluminado pelo tom azul de sua íris.

– Você não vai acreditar, Melissa.

– O que você tá falando?

– É sério. Acho melhor você levantar.

– Levantar pra quê?

– Pra ligar pro seu pai, pra sua assessora de imprensa, pra sua mãe, sei lá.

– O que você tá falando?

– Isto se eles já não estão num avião vindo pra cá.

– Não tô entendendo nada, João.

– Os jornalistas, Melissa, os jornalistas estão aqui, lá embaixo, na porta do hotel.

– Que jornalistas, João? – ela puxa novamente o edredom e vira de costas para mim. – Deixa eu dormir, tô com sono.

Eu gostaria de não acreditar no que estou dizendo. Mas é preciso fazer alguma coisa. Subo em seu corpo. Seguro o seu rosto com firmeza e tento colocar o máximo de seriedade em minha voz: – Não é brincadeira. Tem jornalistas e fotógrafos aqui embaixo.

Ela ainda olha com desconfiança. Mas agora já parece um pouco assustada. Empurra o meu corpo, caminha devagar até a janela.

– Não dá pra ver nada daqui – ela fala.

– Acho que você tem que ir pra varanda – sugiro. – Mas tome cuidado.

– Se você estiver brincando... – ela ameaça enquanto abre a porta de correr.

Um, dois, três, quatro segundos. Não é preciso contar até cinco para ouvir a sua reação: – João!!!!

Ela grita o meu nome. Novamente é para mim que pede socorro. E mais uma vez não sei o que fazer. Gostaria de saber como lidar com a imprensa, mas todas as vezes que precisei falar com os jornalistas estava bêbado demais. Olho para o frigobar. Quem sabe uma garrafa de vodca barata não me ajude a pensar? Estou prestes a dar o primeiro passo quando Melissa volta para o quarto.

– João, por favor, pense em alguma coisa – ela diz.

Tento esquecer a bebida. Respondo: – Não sei, acho que o melhor a fazer é ligar pro seu pai.

– Será que ele já sabe?

– Talvez, liga pra ele, vai.

– Como foi que eles descobriram? – ela pergunta no caminho para o banheiro. – Não acredito, não acredito, será que me reconheceram?

– Acho difícil, você tá tão diferente, ninguém tem um olho tão bom assim – falo e, de repente, as coisas se tornam óbvias. – Olho, olho, caralho, Melissa, acho que sei quem contou.

Ela sai do banheiro com a escova de dentes na mão.

– Quem?

Mas estou muito irritado para dizer o seu nome. Apenas repito: – Filho-da-puta, filho-da-puta, como é que ele teve coragem de fazer isso comigo?

– Quem, João?

Deixo Melissa sozinha no quarto de hotel, falando sozinha com a pasta de dentes na boca. E vou direto para o quarto de Mateus.

43 ___

Sempre fui um cara de sentimentos pré-fabricados. Poucas vezes admiti sentir o que realmente sentia. Em vez disso, assumia o papel que o mundo esperava de mim. Foi assim quando soube que o meu melhor amigo ocupava o meu espaço na vida de minha namorada. Nunca existiu raiva, nunca pensei que havia sido traído, nunca quis discutir, nunca desejei falar todas as frases de ódio que saíram de minha boca. Simplesmente vesti a máscara do homem ferido, do macho que não admite ser enganado pela sua mulher. Coloquei tudo a perder, é verdade, mas jamais poderia ser passivo em uma situação que, muitas vezes, acaba de forma trágica. Grande ironia. A maior tragédia foi não ter dito o quanto estava feliz pelos dois, que eu realmente fora um filho-da-puta, que não merecia uma mulher como Letícia.

Mas agora é diferente. Na minha lista particular de sentimentos não existe algum que se encaixe com este tipo de traição. E dói ver o ódio crescendo dentro de mim. Um ódio que jamais pensei que iria sentir, muito menos por Mateus. Tenho vontade de arrebentar a porta de seu quarto, e esmurrar cada parte de seu corpo, com socos, chutes, pontapés, cabeçadas. No entanto, meu pai, talvez adivinhando o que está prestes a acontecer, já está me esperando no corredor do hotel.

– O que você tá fazendo aqui? – pergunto.

– Imaginei que tu irias procurar o Mateus – responde ele colocando o seu corpo à frente da porta do quarto 1022.

– Então você já tá sabendo – falo. – Me deixa entrar, preciso falar com aquele filho-da-puta.

Ele segura o meu braço: – Tu não vais a lugar nenhum.

– Me deixa, porra, você viu o que ele fez?

– Sim, eu e Letícia vimos. E ela está conversando com Mateus.

Empurro o seu corpo. Ele me segura com mais força.

– Por que você tá fazendo isso?

– Vamos voltar para o teu quarto, tu precisas esfriar a cabeça – sugere ele.

– Você acha que ele tem razão?

– Ninguém acha nada, João, aconteceu – responde ele com calma.

– Ah, vocês devem estar achando que isso é muito normal, que não tem problema, mas, caralho, estes jornalistas vão foder com a vida de Melissa. Será que vocês não entendem?

– Entendo, claro, mas agora está feito, tenho certeza de que podemos resolver tudo isso.

Faço mais força. A cada minuto que passa, sinto mais raiva de Mateus.

– A melhor maneira de resolver isso é quebrando a cara daquele sem-vergonha.

– Ninguém vai quebrar a cara de ninguém – meu pai diz com firmeza. E isso só aumenta a minha raiva.

– Porra, por que você sempre tá defendendo o Mateus?! – grito.

Então, ouço a porta do quarto de Mateus abrir. Ele caminha até o corredor, o seu rosto aponta para a minha direção, como se os seus olhos pudessem me enxergar. Letícia o acompanha, assustada. Um silêncio cai sobre todos nós, até que Mateus diz: – Ninguém precisa me defender.

Sinto o meu corpo se encher de sangue. Coloco todo ódio em minhas pernas e tento tirar o meu pai do caminho. Mas alguém me puxa para trás. É Melissa.

– Calma, João – diz ela.

Mas o que menos tenho neste momento é calma: – Calma? Como assim calma? Este filho-da-puta ligou pros jornalistas, fodeu com todos os nossos planos, quero saber por que ele fez isso.

– Calma, João – repete. – Brigar agora não vai adiantar nada.

– Desculpa – Letícia diz com a voz baixa. – Não sei se existe um jeito de consertar tudo isso.

Mas Mateus não a deixa continuar: – Tu quer saber por que fiz isso, João? Fiz isso pra proteger esta menina, porque tu já estragou a vida de muita gente, e não quero vê-la se afundando contigo como a gente se afundou. E é bom mesmo que todo mundo saiba o infeliz que tu é.

As palavras de Mateus me atingem com mais violência do

que qualquer agressão física. Perco o equilíbrio e sento no chão.

– Tá quieto por quê? Vai chorar agora? – ele provoca.

– Chega, Mateus – meu pai diz. – Chega, volta pro teu quarto.

– Como tu pode ser assim? – Letícia pergunta. – Não tá vendo que é o João?

Meu pai tenta colocá-los para dentro do quarto, mas Mateus não quer parar tão cedo: – Não tô vendo não, Letícia, não tô vendo e dou graças a Deus por não ver mais a cara deste fracassado.

Melissa senta ao meu lado e me abraça. Com a voz alta, fala: – Mas eu amo este fracassado, sabia? E, ok, agora foda-se que todo país vai saber que ele é o que é, porque não me importo.

Irônico, Mateus aplaude: – Muito bem, muito bem, quer dizer que a adolescente aí tá toda apaixonada, não é mesmo?

– Chega – meu pai dá o ultimato. – Vamos nos acalmar e ver como resolvemos tudo isso.

Letícia finalmente consegue puxar Mateus para o quarto. Meu pai fecha a porta com força. Caminha em minha direção e estende a mão. Com a sua ajuda, levanto. A raiva que sentia se transforma em medo. Pela primeira vez vou ter que enfrentar o fato de estar ao lado de uma das mulheres mais famosas do país. E não sei por onde começar.

– Eu já liguei para a recepção e dei ordens para que nenhum jornalista entre aqui dentro – meu pai fala. – Voltem para o quarto, pensem no que fazer, não se preocupem.

– Obrigada, Seu Campos – Melissa agradece. – Acho que devemos ligar pro meu pai.

– Vamos, entrem – ele diz. – Qualquer coisa estou lá embaixo.

Gostaria de saber onde está toda a vontade que tinha de

acertar as contas com Mateus. Mas tudo o que sinto é medo e tristeza.

– Pai – digo antes que ele caminhe até o elevador. – Só queria saber por que todo este ódio.

Ele respira fundo, tira o maço de cigarros do bolso e responde: – Não é ódio, meu filho.

– O que é então? – Quero saber.

Mas ele não responde. Apenas sorri ao colocar o cigarro apagado por entre os lábios. E assim, pensando no alívio que é ter alguém por aqui que ainda consiga sorrir, entro no quarto pronto para enfrentar toda esta tempestade.

44

Melissa tira o pijama e vem nua para a cama, onde estou sentado, ainda sob o efeito das palavras de Mateus. Fracassado e infeliz. É difícil não acreditar que ele tenha razão. Afinal, estou apenas vivendo as conseqüências das escolhas que fiz. Com o rosto curvado, vejo apenas as pernas de Melissa se aproximando. Os seus tornozelos são perfeitos, penso, nem tão finos, daqueles que sobram quando as mulheres colocam botas de cano justo, muito menos grossos, que desarmonizam toda a sensualidade dos sapatos de salto alto. Queria poder ver o sol nestas pernas, fechar os ouvidos às trovoadas mergulhando neste corpo, mas e se Mateus tiver razão? E se Melissa realmente afundar comigo? Com o canto dos olhos, enxergo o relógio da cabeceira. Ainda é cedo demais, as outras emissoras de televisão, jornais e revistas devem estar a caminho. É preciso fazer alguma coisa, mas Melissa apenas se ajoelha e diz: – Vamos tomar um banho, João.

– Temos que ligar pra São Paulo – falo.

E a sua resposta é simples. Despe o meu corpo e, quando

dou por mim, estou debaixo do chuveiro, com a pele de Melissa cobrindo a minha.

– Você me acha um fracassado – digo.

– É uma pergunta?

– Não, Melissa, não é uma pergunta. Você disse lá no corredor, disse que ama este fracassado.

Ela esfrega o sabonete em minhas costas. Há anos que não sinto outra mão me lavando, e, sim, talvez exista uma metáfora neste ato. Fecho os olhos, deixo a água bater em meu rosto, sinto que estou em uma ressaca sem nem ao menos ter bebido uma única gota de álcool.

– Ei, não me venha se fazer de coitadinho – fala ela. – Não te acho um fracassado, nunca achei, você sabe muito bem que devo boa parte do meu sucesso ao seu trabalho.

– É, mas agora o seu sucesso pode simplesmente desaparecer porque tá comigo.

– Será que é tão ruim assim viver ao lado de um ex-viciado?

– A imprensa acha, os milhares de adolescentes e crianças que compram os seus discos provavelmente irão achar também.

– Vão nada, a gente pode dar um jeito, transformar você em um exemplo.

Começo a rir: – Eu? Um exemplo? Dá um tempo, Melissa.

– Tá bom, tá bom, pode ser bobagem, mas, puxa, vamos enfrentar tudo isso.

Giro o corpo até o meu rosto se encontrar com o dela.

– Mas, sabe, o problema não é esse.

– O que você tá querendo dizer?

– Que você é tão forte, Melissa, esperta, você vai fazer com que a gente consiga passar por cima de tudo. Dá um frio na barriga, é claro, porque vou ter a minha vida exposta em tudo que é lugar, mas pelo menos sei que não tô sozinho nessa – falo enquanto os meus dedos passeiam pela sua espinha. – O problema, Melissa, é que sei por que Mateus me chamou de fracassado, infeliz, ele me chamou de tudo isso porque não consegui levar adiante nenhum dos meus relacionamentos de trinta anos, o meu pai, o próprio Mateus, a Letícia e, droga, a minha mãe, Melissa, tem tanta coisa pra resolver. E nisso, e nisso, ah, nisso eu tô sozinho, nem você, nem ninguém pode me ajudar.

Ela aperta o corpo contra o meu.

– Você tá querendo dizer que é pra eu esquecer tudo e te deixar sozinho, né?

– Talvez seja a coisa mais fácil a fazer, você simplesmente liga pro seu pai, ele manda alguém te buscar, você vai embora e me espera até que eu resolva a confusão que anda por aqui, e você sabe que a confusão é grande, viu o que Mateus fez.

Sim, estou sendo covarde novamente.

– Você não precisa me proteger – diz ela ao me dar um beijo.

– Não, não tô te protegendo – falo. – Tô me protegendo, porque se você descobrir tudo o que tenho que colocar em ordem, ah, não sei, você não vai mais querer ficar comigo.

Outro beijo.

– Mas eu sei quem você é.

– Já te disse, Melissa, não posso voltar com você agora.

– Não tô pedindo pra você voltar.

– Tá pedindo o quê, então?

Ela envolve os braços em meu pescoço, encaixa as suas coxas nas minhas e diz: – Que os planos mudaram, que só volto quando você puder voltar, que você não tá sozinho.

Escolho uma gota d'água que desce pela sua testa e a acompanho com a língua por todo o seu corpo. E à medida que os nossos corpos procuram respostas na irracionalidade do sexo, pouco importa se Melissa pode estar jogando fora toda a sua carreira por causa de um fracassado e infeliz.

45

Aos vinte anos de idade, Jota Pê aparecia nas páginas de todas as revistas especializadas em música e em cadernos de cultura dos jornais. Era o guitarrista da banda Gol, a nova sensação que viera do Rio Grande do Sul para revolucionar o rock nacional. E, ao contrário de seus companheiros, Jota Pê não vivia na ponte aérea São Paulo–Porto Alegre, muito menos dedicava a maior parte de seu tempo aos ensaios na casa que a gravadora alugara na capital paulista. Ele queria fazer parte do mundo pretensamente moderno da noite da maior cidade da América Latina, com suas boates, bares e restaurantes reproduzindo cada centímetro de Londres ou Nova York. Jota Pê queria ser um rock star e, para isso, entregou-se às amizades de jovens jornalistas posando de intelectuais, pós-adolescentes de vinte e poucos anos que mal sabiam diferenciar Beatles e Rolling Stones. Desejava ser ouvido e visto, iniciando, assim, um relacionamento obsessivo com as máquinas fotográficas e microfones de rádios e televisão. Até que a Gol teve o seu fim prematuro, uma separação que Jota Pê mal presenciou de tão preocupado estava em viver a sua fantasia.

E, claro, os seus amigos jornalistas tiveram que procurar outra banda sensação. Destas pessoas, aliás, saíram frases de ironia e sarcasmo quando Jota Pê voltou a ser apenas João Pedro de Campos Júnior, um músico profissional que sustentava os seus vícios tocando com cantores de que um dia falara mal em festas promovidas por socialites que faziam de tudo para posar de modernas.

Desde então, João Pedro se manteve distante da imprensa, até mesmo quando o seu nome voltou a chamar atenção como produtor e compositor de Mel X. Ele não iria cometer novamente o erro de se envolver com a indústria da fama.

Mas, agora, João Pedro está novamente na mira dos flashes. É uma pena que Jota Pê já não esteja mais por aqui. Ele iria adorar toda esta confusão. Ou, quem sabe, teria coragem suficiente para jogar o frigobar pela janela, mandar todos os jornalistas para o inferno e sair em alto estilo dentro de um carro em velocidade máxima levando consigo Melissa. E, no outro dia, iria rir das manchetes acompanhado de uma garrafa de vodca.

A verdade é que você cresce imaginando que ser uma celebridade é encontrar tudo que a vida pode ter de melhor. Dinheiro, sexo fácil, luxo, conforto, amizades. Mas é tudo um grande engano. Na maioria dos casos, você não encontra nada. Apenas perde a sua identidade.

Daqui da varanda do hotel, sou o alvo de todas as lentes. E, por alguns segundos, já não sei mais quem sou. Jota Pê? João Pedro? Amante? Amigo? Filho? Quero saber desesperadamente o que fazer, o que aconteceu comigo, quero respostas, mas agora parece que todas foram sugadas por estas lentes.

É isso.

Não sou mais uma pessoa.

Sou somente uma notícia.

46 ___

Letícia bate à porta e diz que deseja falar comigo no corredor. Deixo Melissa conversando ao telefone com a sua assessora de imprensa e sento no carpete puído do hotel.

– Desculpa, João – diz, enquanto caminha de um lado para o outro.

– Você não tem por que pedir desculpas.

– Ele é o meu marido.
– Mas você nunca iria adivinhar.
– Por que ele fez isso?
– Se você não sabe...
– Ele tá transtornado, tive que implorar pra que ficasse no quarto, imagina, queria descer e falar com os jornalistas.
– Sério? Falar o quê?
– Falar tudo sobre ti.
– Não há nada que eles já não saibam.
– E a Melissa? Como ela tá?
– Já falou com o pai, ele quer que volte agora, mas ela quer ficar.
– Ficar? Por quê?
– Porque eu quero ficar.
– E por que tu quer ficar?
– Porque sinto que é preciso, só isso.
– E o pai dela? Concordou?
– Parece que não, talvez venha pra cá ou mande a assessora de imprensa. Não sabemos ainda.
Letícia finalmente senta ao meu lado.
– Sabe, João, acho que tá na hora de nós três termos uma conversa séria.
– Nós três quem?
– Eu, tu e o Mateus.
– Pra quê? Pra ele me chamar de fracassado e infeliz de novo?
– Existe muita mágoa.
– Quer saber? Acho que esta mágoa é pra sempre.
– Nada é pra sempre.
– Bonito isso, Letícia, mas as coisas estão fodidas demais pra pensar assim.
– Quero que tu esteja junto quando... quando eu contar pra ele...

– Contar o quê?

– Que tô grávida.

– Ah, tá, vou ajudar muito.

– Tu não tá entendendo.

– E alguém tá?

– Tá certo, isso aqui tá uma confusão, mas quero que tu saiba de uma coisa.

– O quê?

– De todos nós, João, de todos nós foi Mateus quem sentiu mais falta de ti durante todo este tempo.

– Ah, claro, deu pra perceber.

– Tô falando sério, droga.

– Pára com isso, Letícia.

– Acredite em mim. Ele vivia falando que, quando tivéssemos um filho, tu seria o padrinho.

– Padrinho? Dá um tempo.

De repente, Letícia puxa o meu rosto em direção ao dela. Com o olhar fixo em mim, diz: – Acho que o Mateus tá fazendo tudo isso pra te dizer o quanto sofreu com a tua ausência.

E então descubro o que ela está querendo dizer.

– Você acha que eu devo desculpas.

– Todos devemos – ela responde ao segurar a minha mão. – Algumas explicações, João, tu só vai ter se conseguir se explicar.

Levanto do chão. Preciso saber como está Melissa.

– Tá bom – digo antes de abrir a porta do quarto. – Daqui a pouco eu passo lá.

Letícia abre um sorriso tímido, coloca as mãos sobre a sua barriga e fala: – Nós agradecemos, padrinho.

47

– Você tá preparado? – Melissa pergunta com a mão sobre a maçaneta da porta.

Tenho vontade de dizer que não, não estou preparado. Que, na verdade, queria permanecer trancado neste quarto de hotel até os jornalistas cansarem e decidirem que é muito melhor passar a Páscoa com a família do que vigiar uma popstar que deseja apenas passar uns dias com o seu namorado. Mas, depois de horas de conversas por telefone, a assessora de imprensa e os pais de Melissa chegaram a um consenso: é preciso, antes de mais nada, ceder um pouco para depois arrumar a casa. Ou seja, vamos dar aos porcos o que eles desejam.

– Uma entrevista coletiva? – meu pai exclama ao nos ver no lobby do hotel. – Vocês estão loucos?

Concordo com um sorriso nervoso, mas logo Melissa explica: – Dez, quinze minutinhos apenas, e não vamos responder a perguntas, apenas dar uma rápida declaração.

Isso é novidade para mim. Pergunto: – Como assim declaração?

Melissa me puxa pelo braço e fala em voz baixa: – Não se preocupe, já sei tudo o que tenho que falar.

– E eu?

– Você apenas terá que admitir.

– Admitir o quê?

– Admitir o seu passado.

Meu pai tem razão. Todos estão loucos.

– Você quer que eu diga pra todo Brasil que sou um dependente químico?

– Todos acham que vai ser melhor, João.

– Todos quem?

– Você sabe quem.

– Peraí, o seu pai me demitiu sábado passado. Não sou obrigado a fazer mais nada que a sua produção mandar.

– Você não tá sendo obrigado. É melhor pra nós. Você vai ver. Além do mais, não será o primeiro nem o último artista a dizer uma coisa dessas. E não precisa falar muito, apenas dizer a verdade, que há anos está sóbrio, essas coisas.

– Não sei se é uma boa idéia.

– Confie em mim – Melissa diz enquanto os jornalistas entram no restaurante do hotel acompanhados pelo meu pai.

– Não é questão de confiança, Melissa. Não gosto de ver a minha vida exposta.

Ela segura a minha mão: – Ninguém gosta, eu também odeio tudo isso. Mas se vamos assumir que estamos juntos, é melhor que todos saibam a nossa versão dos fatos, sem as distorções e os exageros da imprensa.

No fundo, sei que não deveria estar fazendo tudo isso. Aceitar uma proposta dessas é voltar ao mundo que um dia consumiu toda a minha sanidade, a minha juventude, a minha saúde. É admitir que não passo de um clichê ambulante. Um cara que acreditou na fábula de sexo, drogas e rock and roll. Falar em voz alta que sou um filho-da-puta que não pode ver um carreira de cocaína sem tremer as pernas é ser um falso moralista. Só quem já passou por tudo isso sabe que as coisas não são tão simples assim. Não posso sentar à frente de microfones e câmeras de televisão com um rosto saudável e dizer que superei todas as minhas fraquezas. Porque sou assim justamente por causa delas. Sou um fraco, e não há declaração alguma que irá mudar o que sou. Mas Melissa fala em assumir o nosso namoro. Por isso, deixo a sua mão me conduzir pelo restaurante. Os flashes ofuscam os meus olhos e, acredite, sinto que estou sendo machucado. Mas que se foda. Porque daqui a alguns minutos não estarei declarando o meu passado ao

Brasil. Estarei, acima de tudo, declarando, pela primeira vez, o quanto amo alguém.

Só espero que valha a pena.

48

Tenho saudade do mergulho na piscina de um hotel sob o sol do meio-dia. A água gelada acordando o meu corpo em um abraço com cheiro de cloro. Os meus olhos encharcados ofuscados pela claridade. A promessa silenciosa de que a noite anterior nunca mais iria se repetir. Por alguns minutos, sentia o que era estar vivo sem o compromisso de viver. E cada vez que tenho novamente o desejo de me refugiar no conforto das drogas, é em um mergulho de piscina que penso. Como agora, enquanto ouço Melissa falar para um restaurante repleto de jornalistas.

– Antes de mais nada, quero deixar bem claro que o motivo da minha declaração são os meus fãs, o meu público e, principalmente, todas as pessoas que compraram ingressos para o show de domingo. Não irei responder perguntas agora, a minha assessoria de imprensa irá solucionar todas as suas dúvidas a partir de amanhã – ela começa com uma segurança impressionante para uma artista adolescente. – O fato é que menti sobre o meu desaparecimento. Sim, menti e peço desculpas. Mas espero que vocês entendam os meus motivos. Devido ao assédio da imprensa, João Pedro de Campos, o meu produtor, guitarrista e compositor, decidiu se afastar de mim. A verdade é que ele não é apenas um músico da minha equipe. Ele é o meu namorado. Não é namorado da Mel X, vejam bem. É namorado da Melissa. E a Melissa decidiu fazer o que todos fazem quando alguém que amamos se afasta. Eu vim atrás dele. Porque ele não me largou por causa de nosso relacionamento. Estamos muito bem, obrigado. A questão é que João Pedro estava me protegendo. A imprensa toda já sabe de seu passado. E agora estamos aqui, eu e ele, para assumirmos o nosso relacionamento e afirmarmos que sim, João Pedro é um dependente químico, que tudo o que aconteceu na época de sua antiga banda é verdade. E não temos nenhuma vergonha em dizer isso. Há mais de três anos João Pedro está longe das drogas e do álcool. E isso não muda em nada a Mel X que vocês conhecem. Aliás, apenas reforça a minha mensagem de que é necessário levar uma vida saudável.

Sinto o meu estômago revirar. Melissa parece ter decorado todo o discurso que a sua assessora de imprensa lhe dissera por telefone. Um texto hipócrita em que existem apenas bonzinhos. Neste momento ninguém lembra que fui demitido. Ninguém quer saber que não sou porra nenhuma de um herói por não encher o meu corpo de drogas. Ninguém consegue admitir que este plano de transformar Melissa em um modelo para os jovens é algo nojento. E então chega a minha vez de falar: – Espero que todos vocês compreendam a nossa situação. Peço apenas privacidade para nós dois.

Não consigo falar mais do que isso. Mas os jornalistas querem saber mais. De repente, todos começam a gritar, perguntam coisas estúpidas sobre drogas, virgindade e família. Caralho. O que família tem a ver com tudo isso?

– Não vamos falar mais nada, apenas gostaria de dizer que ainda é um orgulho para mim ser um exemplo para a família brasileira. Não acho que estamos fazendo apologia às drogas ou colocando panos quentes sobre um problema tão sério. Espero que todas as famílias se inspirem em nós, abrindo um espaço para o diálogo – Melissa fala, solucionando a minha dúvida. A minha raiva cresce mais ainda. Ela percebe que estou ficando transtornado e aperta a minha mão. – Amanhã a minha assessoria de imprensa irá conversar com vocês. Até o show de domingo. Muito obrigada.

Nós levantamos de nossas cadeiras e, subitamente, ela me beija. É um beijo surpreendentemente longo, e logo percebo que também faz parte de todo este circo montado pela mente insana de seus pais. Centenas de flashes são disparados. Não gosto da sensação de dividir a minha intimidade com o mundo, muito menos de me sentir como um ator de novela que, após o beijo, vai para o camarim ler o caderno de esportes do jornal. Mostro a minha insatisfação afastando o meu corpo com uma certa agressividade. Ainda no comando, Melissa me leva para fora do restaurante. Somos seguidos pelos fotográfos, o meu pai tenta afastá-los, e finalmente conseguimos entrar no elevador.

Respiro fundo, aliviado, o meu corpo pesa. Olho com tristeza para Melissa. Desde que a conheci, nunca a vi ser tão manipulada como hoje. E o pior é que também não passo de um fantoche nesta história toda.

– Já tenho problemas demais – desabafo. – Não preciso dar uma de mártir em cadeia nacional.

– Ninguém tá dando uma de mártir, João. Estamos apenas buscando a nossa privacidade – Melissa diz, tentando me abraçar.

– Privacidade? E o que foi aquele beijo para as câmeras?! – grito, girando o meu corpo para o outro lado do elevador. – Você me disse que pouco se importava com a sua carreira e agora posa como a filhinha de papai famosa e boazinha.

– E não me importo mesmo, você é mais importante – ela fala olhando para o chão. – Mas não posso largar tudo de uma hora pra outra.

O elevador pára. Abro as grades em silêncio e deixo que ela passe por mim. Caminho devagar, olhando para as suas roupas tão simples, para os seus cabelos curtos, para o seu corpo agora tão frágil dentro deste hotel cinzento. Talvez ela tenha razão, penso. Mas quando abrimos a porta de nosso quarto, ouço outra porta se abrir. Mateus sai de seu quarto aplaudindo.

– Tu é mesmo um idiota, tão bobinho. Será que não consegue ver que agora é motivo de piada em todo o país?

Melissa pára sobre o batente da porta. Empurro o seu corpo para dentro do quarto. Fecho a porta e digo: – Acho que precisamos conversar, Mateus.

De repente, surge Letícia: – Nós três precisamos conversar.

– Sim, nós três – concordo.

Mateus abre os braços: – O que é isso? Um complô?

– Deixa de ser irônico, por favor – peço. – Você sabe que podemos conversar, já fizemos isso lá na praia.

– Mas tu continua me decepcionando, João – ele diz. – Como é que pode fazer tudo isso contigo mesmo?

– A vida do João com a Melissa não nos interessa, Mateus – Letícia fala. – O que interessa é o que vamos fazer com os restos de nós três.

– Restos? – pergunta Mateus. – Que restos?

– Restos de nossa amizade, restos de nossa juventude, restos de nosso respeito – responde ela com firmeza.

Mesmo sem podermos trocar olhares, eu e Mateus concordamos juntos. Em silêncio, entramos em seu quarto. Outra hora, outra batalha. Quando ouço a porta se fechar atrás de mim, tenho a certeza de estar vivendo o meu Dia D.

49

Mas não existem restos.

Apenas cacos.

– Não quero a tua pena – diz Mateus. – Se é por isso que voltou, tu pode pegar as tuas coisas e voltar pra tua adolescente.

– Ele não sabia de nada, Mateus – fala Letícia. – Prometi pra ti que não iria ligar pro João avisando de teu acidente, tu sabe que nunca iria quebrar uma promessa.

– Então por que tu voltou? – ele pergunta.

– Porque preciso de vocês – digo. – Sempre precisei, mas acho que nunca tive coragem pra admitir. Preciso de vocês pra estar vivo, pra manter a minha sanidade, pra lembrar que ainda posso ser um cara legal.

– Deixa de bancar o mocinho – ele rebate. – Tu tá aqui pra pegar o que é teu.

Ele caminha até Letícia. Segura os seus braços com força e diz: – Toma, pode pegar, não tô enxergando nada, vamos, toma, João, pega a tua mulher, pode abraçar, beijar, comer, não vou ver nada.

Letícia começa a chorar: – Pára com isso, Mateus.

Mas ele parece estar fora de si: – Pode pegar, João. Eu já paguei pelos meus erros, não existe nada que irá me machucar mais.

Não sei o que dizer. Pareço estar paralisado.

– Pára, Mateus – repete Letícia.

Ele a segura com mais força: – Vem, come esta mulher com vontade, come na minha frente. Pega o que é teu.

Finalmente consigo falar alguma coisa: – Não voltei por causa de Letícia, Mateus, voltei por causa de você também. Pára com esta loucura, larga a Letícia.

Ele a empurra em minha direção. Ela senta na cama e chora compulsivamente: – O que tu quer, Mateus? O que tu quer, pelo amor de Deus?

– Quero que vocês parem de sentir pena de mim.

– Mas, porra, ninguém sente pena de você – falo. – Ninguém.

– Não tô falando apenas do acidente, da minha cegueira, caralho. Aposto que tu sempre sentiu pena de mim e que riu por dentro quando soube que eu e Letícia estávamos juntos. Porque tu sempre soube que eu também gostava dela.

– Não, eu nunca soube – digo. – Desculpe, deveria ter tido um pingo de sensibilidade, mas nunca soube.

– E pra ti, Letícia, sempre fui o substituto do seu João – ele continua com a sua metralhadora de palavras. – O substituto certinho e careta de seu João.

– Mentira... – ela se protege. – É mentira, meu amor, eu sempre torci pra que tu me amasse também.

– Não me venha com este papo furado, sabe que nunca acreditei nesta história.

– Eu sempre te amei – Letícia sussurra entre soluços. – Sempre foi tu, Mateus.

– Não acredito – repete ele.

Caralho, caralho, caralho. As coisas não podem continuar do jeito que estão. Caminho em direção de Mateus e seguro os seus punhos.

– Pois trate de parar de sentir pena de você mesmo, pois trate de acreditar nas palavras de Letícia, Mateus! – grito. – E quer saber por quê? Porque eu conheço como ninguém esta mulher e sei que ela nunca iria ficar grávida de um homem que não amasse de verdade.

Solto os seus punhos. Sinto que estamos todos caindo em queda livre. Por alguns segundos, o tempo parece estar congelado. Mateus está imóvel. O choro de Letícia não corta mais o nosso ar. Eu deixo que o meu corpo se jogue cansado sobre a cama do quarto.

Então Mateus, como se juntasse os seus cacos, tateia a mesa em busca de seu casaco. E sai em silêncio.

Letícia passa a mão em seu rosto.

– Não era pra ser assim, João – ela diz antes de me deixar no quarto.

Ainda estou em queda livre.

– Desculpe, sei que não era pra ser assim – falo para um quarto vazio.

Vejo lágrimas caindo sobre as minhas coxas. E só então percebo que estou chorando. Não há nada mais triste do que lágrimas que chegam sem avisar. Por isso, aproveito que estou em queda livre e fecho os olhos para não sentir mais dor.

50 ___

Na primeira vez em que pisei nas areias do Cassino, o meu pai disse que se eu quisesse poderia atravessar toda a costa do Rio Grande do Sul pela beira da praia. Sempre sonhei em fazer esta viagem a pé, tendo apenas o mar como companhia. Imaginava que, ao chegar em Santa Catarina, já seria um homem adulto, pronto para viver sozinho, com os calcanhares experientes de quem sentira o frio das águas gaúchas. E agora que acordo na cama, ao lado de Melissa, o cansaço não me deixa esquecer que crescer é uma longa caminhada.

– Você tá cansado, João – ela diz tocando os meus cabelos. – Durma mais.

Mas quero saber onde todos estão. Quero saber o que aconteceu com Letícia e Mateus.

– Eles estão bem, João – responde ela sem ao menos ouvir a minha pergunta. – O seu pai tá tomando conta deles.

Sim, sempre o meu velho e bom pai cuidando de todos com as suas palavras calmas do pescador que sabe que a paciência é uma das maiores virtudes de um homem.

– E pelo visto os jornalistas já se foram – Melissa fala. – Estamos sozinhos, temos todo o tempo do mundo para descansar.

Descansar? Eu não preciso descansar. Ainda sinto que as palavras de Melissa hoje pela manhã traíram os nossos sentimentos. Quero levantar, quero discutir, quero dizer o que penso. Mas Melissa hoje adivinha todos os meus pensamentos: – Confie em mim, João, tudo vai dar certo.

Então sinto frio em meus calcanhares. E não é a água do mar do Rio Grande do Sul. São os pés de Melissa que deslizam pelas minhas pernas. Ela apaga as luzes do quarto. Vejo a sua silhueta amarela se aproximando de meu rosto. Ela me beija e as suas mãos descem pelo meu peito. Retribuo o beijo, sem saber se o que faço é por desejo ou puro reflexo. E quando sinto os seus quadris se encaixando em mim, já tenho a certeza de que tudo isso não passa de uma farsa. De uma forma ou de outra, estou sendo usado.

Mas ainda há muito a percorrer até alcançar a fronteira desta praia.

E como um adulto preso ao passado, esqueço a verdade. Perco a minha respiração nos movimentos bruscos de Melissa. E porque caminhei demais hoje, quero somente a minha parte do jogo: gozo com as unhas cravadas nas costas de Melissa, torcendo, no fundo, para que o dia de amanhã faça de mim um homem livre de todos os medos que surgem sem avisar. Ou apenas mais homem. Ou somente mais livre. Nesta altura do campeonato, tanto faz.

Tanto faz.

51

Melissa ainda dorme quando saio do hotel e caminho até os molhes do Cassino. Ao longe, posso ver a solidão de meu pai e a sua vara de pescar. A chuva já se foi, mas o cinza do céu ainda é presságio de mais tempestades. Esfrego as mãos para espantar o frio e sinto um pequeno prazer ao sentir o vento congelar o meu rosto enquanto os trilhos me levam até a plataforma de pesca. E mesmo com os lábios secos, não posso deixar de sorrir. Um sorriso que não reflete felicidade, apenas o meu reencontro com a melancolia que só quem cresceu ao lado do inverno conhece. É o desespero mudo de pessoas que, mesmo sem consciência, buscam o calor humano em cada cuia de chimarrão dividida. E é assim que o meu pai me recebe: com um sorriso e um chimarrão.

– Não tenho a fé que a tua mãe possui, mas às vezes é impossível não acreditar na esperança das pequenas coisas – ele diz. – Uma criança não é a solução de todos os nossos problemas, mas Mateus, depois de muito tempo, sorriu.

– Eles vão ficar bem – falo. – Tenho certeza de que sim.

– Sabe, meu filho, acho que agora ele não precisa mais das tuas explicações – continua ele. – Chegou a tua vez.

Uma onda explode contra os molhes. Gotas d'água caem sobre os meus sapatos e, então, lembro que há anos não coloco os pés no mar.

– Tenho medo de uma nova conversa – digo. – Aliás, neste exato momento, tenho medo até da minha sombra. Será que isso é real? Será que não passo de um personagem de ficção manipulado por um escritor cheio de questões mal resolvidas?

Ele coloca mais água quente na cuia.

– Tu és um homem de sorte. Nem todo mundo tem a chance de enfrentar os seus fantasmas.

E então lembro de Cibele.

– Você sabe que dia é hoje? – pergunto.

Meu pai deixa a água transbordar da cuia. Sim, ele sabe que dia é hoje.

– A tua mãe me cobra por ter parado de sofrer – ele fala em voz baixa. – Mas ela não sabe de nada.

– Ela nunca soube de nada, pai – concordo tocando a sua mão. – Sente culpa demais pra pensar nos outros.

– A sua única culpa é não ter tido coragem pra seguir em frente – ele completa. – Não que eu seja mais forte. Apenas aprendi a conviver com esta dor.

Então acontece. Quando ele me passa a cuia e nossas mãos se tocam, o João Pedro sai de mim e olha esta cena de fora. Eu e o meu pai não estamos somente conversando como nunca conversamos. Nós estamos trocando sentimentos, expondo as nossas cicatrizes particulares, deixando que as raízes de nosso vínculo natural finalmente cresçam. E desta árvore quero os seus frutos, quero a casa de madeira, quero poder deitar em seus troncos, quero marcar o meu nome com canivete. Coloco a cuia no chão e o abraço.

– Desculpe – falo. – Desculpe, agora entendo por que você quis tanto se aproximar de mim, por que você quis tanto se aproximar dos meus amigos, porque você é a família de Letícia e de Pedro, e, veja só, você vai ser avô.

O seu abraço é apertado, com a força que toda criança imagina que o seu pai deve ter. E com a voz engasgada, diz: – E sabes o que é melhor, João? Letícia tem certeza de que vai ser uma menina. Nunca pensei que iria torcer tanto para que outra menina surgisse novamente em minha vida. E desta vez não será uma menina qualquer, porque Letícia já escolheu o nome...

Ele não consegue terminar a frase. E nem é preciso. O silêncio gelado desta manhã sussurra o nome Cibele em meu ouvido.

52

Além de ter um filho homem, Seu Campos possuía outro grande sonho em sua vida. E já que se sentia velho demais para aprender piano, na manhã em que o seu menino completou cinco anos, quase teve as costelas quebradas ao acomodar um velho WeiBrod na sala de sua casa. Mas não foram os meus olhos que mais brilharam neste dia. Foram os de Cibele. Atravessou a sala correndo e abraçou o piano. Para ela, o piano não era apenas um instrumento musical. Era o Piano, um objeto com nome e vida próprios.

À noite, antes do jantar, nós costumávamos sentar ao lado do Piano e, por alguns minutos, deixávamos de lado toda a teoria de nossas aulas e conversávamos com o nosso novo amigo. Cibele dizia que ele nos contava histórias, que as suas teclas amareladas eram marcas de seu passado, que ele vivera mil e uma aventuras em castelos, condados, teatros, cinemas e cabarés.

– E quando ficarmos velhinhos, Joãozinho, o Piano irá visitar a casa de outras crianças e aí vai contar a nossa história, a história do Joãozinho e sua irmã Cibele, de como eles matavam os monstros com a sua música.

Depois do acidente, simplesmente não conseguia mais me

aproximar do Piano. Porque ele não conversava comigo, não contava mais as suas histórias, não possuía mais vida. Minha mãe muitas vezes pensou em vendê-lo, mas o meu pai achava que ter o Piano por perto era ter a Cibele sempre ao nosso lado.

E um dia, quase sem querer, voltei a sentar à frente do Piano. Contra a minha própria vontade, os meus dedos voltaram a deslizar sobre as suas teclas. E as notas eram como pequenas cantigas de ninar, que, aos poucos, espantavam todos os meus medos. Muitos monstros foram derrotados ali, no meio da sala, com a coragem de um Piano que, por mais estúpido que possa parecer, não era tocado apenas por mim. Eu me recusei a acreditar no Deus que a minha mãe me impôs, mas coloquei toda a minha fé nas histórias fantásticas que o Piano contava sobre uma menina de dedos mágicos. Mas tão mágicos, tão mágicos que guiavam os dedos de outro alguém.

– Vocês não venderam o Piano, venderam? – pergunto para o meu pai enquanto voltamos para o hotel.

– Algumas vezes ainda aperto uma tecla qualquer e então sei que Cibele está bem – é a sua resposta.

Você, no auge de sua ingenuidade, acredita que está lendo a minha história. A verdade, no entanto, é outra. Esta é a história que Cibele, nas teclas amareladas do Piano, escreveu para mim.

E não, você não está lendo estas palavras.

Talvez você ainda não tenha se dado conta.

Mas está dançando comigo.

53

Há um sorriso escondido na Letícia que agora senta ao nosso lado nos degraus do hotel. Ela pergunta se ainda há água quente para o chimarrão. O meu pai enche a cuia mais uma vez e, mesmo com tantas perguntas não ditas entre nós, permanecemos em silêncio, esperando que as palavras de Letícia saiam sem pressa.

– Eu queria comer bergamotas – ela diz. – Tu não lembra, João? Como a gente costumava sentar na rua em dias de muito frio pra comer bergamotas? Sinto falta daquele cheiro forte em meus dedos. Será que é normal estar assim tão cheio de nostalgia agora que a minha vida vai mudar pra sempre?

– Há anos que não como bergamotas – falo. – Não existe bergamota em São Paulo. Apenas mexericas, mas não é a mesma coisa.

– Como é que alguém pode viver sem bergamotas? – ela suspira enquanto sorve o mate. – Bergamota é muito mais que uma fruta, é solidariedade, entende? É como o chimarrão ou a cerveja, nunca pode ser consumida sozinha.

Meu pai solta uma risada. Ele brinca com a carteira de cigarro nas mãos. Penso em dizer para ele parar de fumar de uma vez por todas, mas o momento é da Letícia.

– Ontem, depois que o Seu Campos ficou horas falando com o Mateus sobre a gravidez, de como ele era um cara de sorte, de como ele era bobo em achar que não iria ser um pai decente por causa de seus olhos, depois de toda conversa, nós voltamos ao nosso quarto e te encontramos lá, João, deitado na cama. Quando disse pro Mateus que tu estava lá, ele pediu pra que eu o ajudasse a te levar pro outro quarto. Ele te pegou no colo, e então as coisas começaram a fazer sentido. Toda esta reação maluca foi o seu jeito de dizer o quanto sentiu a tua falta, o quanto foi difícil pra ele conviver com a culpa de ter me tirado de ti, e se ao menos tu estivesse por perto. Mas quando disse que eu estava grávida, tudo mudou. Tu deu a notícia, João. Tu. E, por mais irritado que estivesse, existia uma felicidade enorme na tua voz. Entende?

Letícia respira fundo. Meu pai pega um cigarro para acender, mas eu tiro o isqueiro de sua mão.

– E quando ficamos só nós dois no quarto, pela primeira vez conseguimos conversar sem climas... e então Mateus me disse que cada vez que se sente sozinho, lembra do cheiro de bergamota. As bergamotas que nós dividíamos no jardim da casa de vocês, no gramado do Parque da Redenção, nas calçadas de Porto Alegre. E agora ele sabe que nunca mais vamos estar sozinhos. Nós vamos ter uma filha, alguém pra preencher os nossos dias enquanto a época de bergamota não chega.

Um tímido raio de sol aparece. Sorrindo, pergunto: – Mas como é que você tem tanta certeza de que é uma menina?

– Eu tenho – ela responde olhando para a sua barriga. – Simplesmente tenho.

– A tua mãe adivinhou o sexo de todos os nossos filhos – meu pai fala. – Eu é que nunca tinha certeza.

Letícia ri: – É, eu sei, o senhor até fazia promessas.

Com o isqueiro de meu pai nas mãos, digo: – Então, acho que é o momento pra mais uma promessa.

Ele olha para mim, esperando que eu continue.

– Se for uma menina mesmo, você pára de fumar.

Ele suspira irritado: – Ah, não, de novo não...

– Mas agora vai ter que cumprir a promessa – Letícia aproveita a deixa. – Taí uma ótima idéia.

– E então? – pergunto. – Tá pronto pra outra promessa, pai?

– Não é tão simples assim parar de fumar – responde ele.

Coloco a minha mão em seu ombro.

– Eu sei mais do que ninguém o quanto é difícil largar os nossos vícios – digo. – E não me sinto um homem melhor por isso, não acho que sou um exemplo como a Melissa disse ontem naquela maldita entrevista. Só que, às vezes, é preciso saber quando parar.

Ele suspira novamente. Finalmente, cede: – Ok. Eu prometo parar de fumar se o filho da Letícia e do Mateus for uma menina.

Letícia ri mais uma vez: – Já pode ir treinando, Seu Campos...

E de repente, o sol toma definitivamente o lugar do cinza. No fundo sei que é apenas questão de tempo para o céu nublar novamente. Mas então ouço o meu pai dizer que a maior beleza da vida é a possibilidade de começar, parar e recomeçar. E, mesmo parecendo tão fora do contexto, as suas palavras me dão o fôlego que preciso para enfrentar os demônios de Melissa que jamais pensei que um dia fossem aparecer.

54

Mas chega de dramas.

Antes de subir novamente ao apartamento, dou um beijo em Letícia, pergunto por Mateus, ele está bem, obrigado, descansando em seu quarto, ouvindo jazz, a sua nova paixão musical, em seu discman, o que me leva a pensar por que, afinal, um dia nós cansamos do rock and roll, ou talvez o rock and roll canse de nós, e, então, digo que é preciso acordar, e já que não existe nenhuma piscina por perto, decido esquecer a cor de chocolate do mar de Cassino, o frio, a água salgada, e caminho em silêncio até a praia vazia, tiro a minha roupa e, em pequenos passos, me afasto da terra firme, até o meu corpo desaparecer de vista, mergulho, sem o medo de ter os meus ouvidos fechados, e me entrego ao repuxo.

Sem âncoras.

Apenas uma adolescência redescoberta.

A memória do corpo de Letícia tão leve em meus braços nos mares de nossos verões, os braços de Mateus lutando contra as ondas, a pele queimada de sol ardendo como se levássemos agulhas de tatuagem. E eu sei que não posso nadar contra a correnteza, que não posso voltar atrás, que não posso atravessar os oceanos para buscar o tesouro que nos prometeram quando éramos jovens, mas, como diz o meu pai, posso recomeçar.

E não tenho pressa.

Vou me confundir com o mar até as rugas surgirem neste rosto que esqueceu de envelhecer.

55

– Você é louco – diz Melissa ao me ver entrar encharcado no quarto. – Jamais teria coragem pra entrar nesse mar.

Sorrio. E vou direto ao banheiro. Tiro a minha roupa e entro debaixo do chuveiro. Melissa abre a porta, encosta o seu corpo na pia e, em resposta ao meu silêncio, fala: – Será que todos os jornalistas já se foram? Posso apostar com você que algum ainda tá por aqui.

Tento me controlar, mas é impossível não ser irônico: – É isso que você quer, não? Mais um jornalista pra mostrar ao Brasil que Mel X tá superbem com o seu namoradinho problemático no fim do mundo.

– Pensei que não estivesse mais chateado.

– Não tô chateado, Melissa.

– Então por que tudo isso?

– Você sabe por quê.

– Por causa de ontem? Puxa, João, você sabe mais do que ninguém que às vezes a gente tem que distorcer a verdade. Se eu não fizesse isso, a imprensa iria fazer de qualquer jeito.

– Mas quem é que sai ganhando com isso? – pergunto irritado. – Só você, que fez as pazes com o seu público em grande estilo.

– Você não entende que fiz isso pra poder ficar com você.

– Sei, sei, duvido que a sua mãe agora esteja contente com o nosso relacionamento.

– Não, não tá, mas pelo menos tá aceitando.

Desligo o chuveiro. Quando saio do box, Melissa me cobre com a toalha.

– Ei, deixa disso, vamos aproveitar que temos um dia todo só pra nós dois.

– Um dia? – digo enquanto tento me afastar de Melissa.

– É, um dia. Amanhã já é sexta, nós precisamos voltar pra São Paulo por causa do show de domingo.

– Nós?

– Sim, nós.

– Pensei que você tivesse entendido que, por mais que eu queira voltar, ainda existem coisas pra resolver por aqui.

– Resolver o quê? Você tá bem com o seu pai, o Mateus aceitou superbem a gravidez de Letícia.

– Mas eu e ele ainda não conversamos de verdade – interrompo. – E depois de ontem já não tenho mais certeza sobre nós dois.

Deixo Melissa sozinha no banheiro e volto para o quarto.

– Como assim não tem mais certeza?

Não sei o que responder. Por isso, ignoro a sua pergunta e visto uma roupa qualquer.

– Como assim não tem mais certeza? – Melissa repete.

Abro o frigobar e procuro algo para beber. Os meus olhos são atraídos pelas pequenas garrafas de uísque e vodca. Fecho o frigobar com as mãos vazias.

– Não quero viver uma vida aqui dentro com você e outra lá fora – finalmente falo. – Será que você não vê que aceitei admitir em cadeia nacional toda a porra do meu passado por nós dois e você fez de mim um palhaço? Você me usou pro seu discursinho de namoradinha do Brasil...

Ela se aproxima e desliza os dedos em meu rosto: – Se você acha assim, desculpe, mas foi a solução que encontramos.

– Sim, sim, a solução que você, os seus pais e todos os seus assessores encontraram. Mas e você, Melissa, qual é a solução que você encontrou sozinha?

– Eu vim até aqui, João. Será que não é suficiente?

– Eu sei, Melissa, eu sei, mas agora parece que a sua presença aqui é mais uma jogada de marketing.

– Porra, será que você não entende que tenho responsabilidades? – Melissa desabafa. – Sei que você odeia todo este circo, sei que você ama a Melissa, e não a Mel X, mas se você realmente quer ficar comigo, vai ter que entender que a Mel X faz parte de mim.

Ela tem razão. Não é justo. Ela pode repetir todos os dias que sou mais importante que a sua carreira, mas a verdade é que ela também ama o que faz. Talvez quem tenha que encontrar uma solução seja eu.

– Acho que precisamos parar – falo.

– Parar?

– Parar, só por hoje. Vamos esquecer tudo isso, vamos, como você mesmo disse, aproveitar o dia de hoje, o sol tá aparecendo. Já te disse que os dias de sol são os melhores dias para aproveitar o frio gaúcho? Pois então, vamos parar e aproveitar. Amanhã eu vejo o que faço.

– Você tá querendo dizer que existe a possibilidade de você realmente ficar?

– Existe – respondo enquanto chego mais perto de seu corpo.

E então eu a beijo e, à medida que nossos corpos se misturam, tenho esta sensação de que, droga, vai ser difícil dizer adeus.

56

São duas horas da tarde quando descemos do quarto. Assim que colocamos os pés na recepção, uma multidão se forma ao redor de Melissa. Toda a cidade parece ter advinhado o momento em que nós sairíamos de nosso pequeno casulo. Há muitas crianças e adolescentes, mas também diversos adultos com discos e revistas para autógrafos. E toda a equipe do hotel, que pede desculpas pelas acomodações simples e nos oferece uma refeição especial.

Todo o assédio não me surpreende. Durante todos estes anos trabalhando juntos, já presenciei cenas mais histéricas do que essa. É a Melissa de agora que está diferente. Sem maquiagem e com os cabelos pretos e curtos, ela se perde no meio de tantos anônimos. E sorri, conversa, agradece. Recusa com simpatia o almoço do hotel, e pede para que todos a deixem sozinha nesta tarde. Fala que deseja conhecer a cidade, caminhar pela praia, ser alguém tão normal quanto eles. Talvez ela esteja agindo assim apenas para me agradar, para mostrar que estou errado, de que a jogada de marketing existe apenas para os seus pais.

E então ela segura a minha mão e me puxa para fora do hotel. Mas do outro lado da rua uma menina de mais ou menos oito anos de idade chora. Chora compulsivamente. E chora tanto que não é capaz de se aproximar de nós. Melissa dá meia-volta, se ajoelha em frente à menina, afasta os cabelos ondulados do pequeno rosto e, subitamente, tira o seu boné.

– Tó, pra você – diz Melissa ao colocar o seu boné na criança. – Um presente.

Só agora entendo o que ela quis dizer com responsabilidades. E, apesar de ser um gesto tão bonito, fico assustado. Penso na loucura que cometi quando desejei ter uma vida assim, sendo uma celebridade, mexendo com os sentimentos dos outros somente com um olhar. Tenho vontade de perguntar se ela não tem saudades da época em que cantar era apenas a realização de um sonho e não o sonho distante de pessoas tão frágeis quanto essa criança. Mas permaneço em silêncio, esperando para abraçá-la quando voltar ao meu lado. E a acompanho pela praia do Cassino, porque é isso que tenho feito desde que nos conhecemos: simplesmente a acompanho.

57 ___

Quando Melissa diz que irá tomar um banho para tirar a maresia de seu corpo, alguma coisa me diz que esta será a nossa última noite juntos, uma espécie de lua-de-mel interrompida, aquele momento único de adolescentes sozinhos em um quarto de hotel, que sabem que o verão está acabando e que se não for agora, não será nunca. E o frio deste quarto mal aquecido não me deixa esquecer que estamos em um outono travestido de inverno, mas não há nada que possa fazer. Existem mil dúvidas sobre nós dois, mas, acima de tudo, está este desejo de sentir o sal em suas coxas, sua barriga, suas mãos, sua boca. No meio de tanta confusão, decido me refugiar no conforto de suas pernas se abrindo para mim, acreditando na ilusão de que estes minutos de respirações esparsas irão trazer a resposta que tanto procuro, a certeza que vaga nua no meio das incertezas. E, pela primeira vez, tenho esta fantasia de que centenas de fotógrafos estão nos observando com os seus flashes iluminando um quarto que deveria ter a luz romântica das velas. Mas que se foda o romantismo. Já não sei diferenciar o romance do desespero. Por isso, não penso que estou fazendo amor, transando, trepando, penso apenas em comer Mel X, a nora que toda mãe gostaria de ter, a ninfeta que as revistas masculinas leiloam para tê-la na capa. Mas, ah, veja você, ela está aqui, comigo. Sou eu, este rascunho de homem, que estou comendo, sentindo os seus quadris se mexendo, os seus pés tocando as minhas costas, os seus dentes mordendo os meus lábios. Você que sempre quis saber se Melissa era virgem ou não, você que sempre comentou com as suas amigas que ela é fria, você que sempre questionou os motivos de tanta adoração masculina, é para você que eu digo que é para mim que ela pede mais, que é para mim que ela fica de quatro, que é para mim que dá com os olhos de safada. E sim, quero mais é que você fique sem jeito, quero mais é que você fique com vergonha de minhas palavras, quero mais que você sinta o que é ser invadido cada vez que vai para a cama com alguém. Então imagino todos os fotógrafos, tenho a idéia maluca de ir aos jornais amanhã e dizer o quanto Melissa é gostosa, muito mais gostosa que você, que se julga tão superior, muito mais gostosa que a sua esposa, que lê todas as dicas de sexo das revistas femininas. Quero meter com força, porque estou confuso, porque me sinto usado, e porque sou um dependente. Sou viciado no gosto de mulher úmida, lubrificada, molhada. Sou um filho-da-puta que se arrasta pela cama seguindo os passos de seu gozo, segurando o lençol manchado e lambendo com a língua seca as poças de nosso sexo. O quê? Você ainda não calou a boca? Então largue de uma vez este livro, pare de pensar no que deixo ou não de fazer e cale a sua boca no beijo de alguém. E me deixe aqui sozinho, comendo a minha Melissa, fodendo com a minha confusão, tirando algum prazer deste carma que às vezes a gente costuma chamar de vida.

58 ____

O desejo de ver Melissa dormir em meus braços é bruscamente esquecido quando atendo o telefone. Letícia diz que Mateus precisa conversar a sós comigo. Visto a minha roupa, beijo suavamente os lábios de Melissa e desço para o restaurante do hotel.

Encontro Mateus sentado no escuro. Não preciso dizer que

estou por perto. Assim que coloco os pés no restaurante, ele vira o rosto e diz: – Tu pode acender a luz, se quiser.

Sento ao seu lado e falo: – Por mim tá ótimo assim.

Ele bate as pontas dos dedos sobre a mesa. Parece nervoso.

– Letícia disse que você quer conversar.

– É, é verdade. Preciso conversar – ele fala pausadamente. – Obrigado por vir.

– Obrigado nada, é bom conversar contigo assim, com calma.

– É, acho que fui meio estúpido nestes dias.

– Eu entendo.

Então ele segura a minha mão.

– Não – diz. – Tu não entende.

– Não? – quero saber. – Então me explica.

Ele respira fundo. E então fala: – Olha, João, acho que nunca me senti tão feliz em minha vida. Ser pai sempre foi um sonho, acho que já falamos sobre isso.

Sim, já falamos. Lembro que ele sempre dizia que uma das maiores heranças que iria deixar para os seus filhos era a coleção de discos dos Doors.

– Mas, mesmo assim, não me sinto completo – continua Mateus. – Ainda falta alguma coisa.

– Falta o quê? – pergunto.

– O correto é falta quem – responde. – E quem falta, quem falta, droga, não sei como dizer isso, mas, por Deus, tu tá faltando na minha vida.

– Deixa de ser bobo, Mateus, acho difícil a gente se afastar novamente, mas, de qualquer jeito, você tem a Letícia, o meu pai.

– Porra, João – ele me interrompe. – Até quando tu vai ser tão insensível assim?

– Insensível?

– É, e tu não sabe como é difícil dizer isso, mas não é à toa que sempre amei e invejei todos que te amavam, não é à toa que fingi nestes anos todos viver a tua vida.

– Não fala bobagem, Mateus – tento acalmá-lo. – Você sabe que isso não é verdade.

– Não, não é verdade – ele concorda.

– Então...

– Quer saber qual é a verdade? – ele pergunta com a voz trêmula.

– Quero – respondo.

E então acontece.

Como um apaixonado que de olhos fechados sabe exatamente onde encontrar os lábios de quem ama, Mateus curva o seu corpo e me beija. Sinto a sua boca na minha, a sua língua forçando a passagem entre os meus dentes, a sua barba em meu queixo. E, sem saber o que estou fazendo, deixo que ele me beije.

– Desculpa – ele sussurra em meu ouvido. – Desculpa, mas eu sempre te amei, sempre, sempre foi tu, João.

Sinto que o meu cérebro acaba de levar um choque e que estou impossibilitado de falar.

– E sei que tu não me ama do jeito que te amo, que tu não me quer como te quero, e, juro, juro mesmo que também amo Letícia, que não quero que ela fique magoada, mas não tô aqui te pedindo pra ficar comigo, pra me beijar mais uma vez, pra me abraçar como sempre quis que me abraçasse, sei que é tarde demais pra tudo isso, mas te peço que fique por perto, porque só a tua presença já me faz mais feliz.

Eu. Sempre fui eu. Era eu quem Mateus queria proteger quando dizia que eu e Letícia não deveríamos estragar tudo. Agora tudo parece ser tão óbvio. E, surpreendentemente, eu me sinto culpado por tão ter percebido antes.

– Letícia... Letícia... – gaguejo. – Letícia sabe de tudo isso?

– Sabe, claro que sabe, sempre soube, acredito – ele fala,

afastando o rosto do meu. – Mas nunca comentou nada. Será que tu não vê? Somos uma célula, João, sempre fomos. Ela é o cérebro, tu é o coração e eu sou o satélite solitário que gravita em torno de vocês.

– E você? Você sempre soube disso?

– Acho que sim, mas tudo ficou mais claro quando tu voltou. E agora decidi que não iria mais viver com isso engasgado. Preciso de ti por perto.

– Eu, eu não sei o que dizer, você sabe, não sou...

– Eu sei – ele diz. – Mas não me importo. Já te disse: só te peço que fique por perto.

– Não sei o que dizer – repito.

Então Mateus levanta de sua cadeira. E, antes de me deixar sozinho na penumbra do restaurante, fala: – Não precisa dizer nada, João, esperei quinze anos por isso, posso esperar mais.

Quinze anos, tenho vontade de falar, quinze anos não são nada. Eu esperei trinta anos para que a vida me mostrasse alguma razão e, bum, tudo acontece em uma semana. Irônico, não? Tão irônico quanto descobrir que o gosto de Mateus é mais doce que o gosto de Melissa.

59

Não há nada que faça eu me mover daqui. O restaurante vazio. As luzes apagadas. A lembrança do corpo nu de Melissa na cama aguardando a minha volta. A vontade de acordar o meu pai e contar o que acaba de acontecer. Será que ele irá entender? Será que já sabe? Será que, no fundo, acredita que foi para isso que voltei?

Mas então o recepcionista do hotel bate na porta, pede desculpas e avisa que há uma ligação externa para mim. Pergunto se posso atender dentro do próprio restaurante. Ele aponta para um balcão ao fundo e fala que irá transferir a ligação para lá.

– Alô – diz uma voz desconhecida. – É o João Pedro?

– Sim – respondo. – Quem é?

– Não sei se tu lembra de mim, meu nome é Eduardo Spitzer e sou jornalista.

O meu silêncio responde que não, não lembro.

– Fiz uma das primeiras matérias contigo na época da Gol, quando vocês ainda estavam em Porto Alegre.

– Ah, Eduardo, sim, lembro de você – minto. A minha memória está presa aos anos em que passava vinte e quatro horas do meu dia ao lado de Mateus. – Desculpe, mas não tenho nada pra falar pra imprensa.

– Não, João, não te liguei pra perguntar nada – ele explica. – Só achei que tu precisa saber de algumas coisas.

– Que coisas?

– Acabo de receber um comunicado da assessoria de imprensa de Mel X. Sei que amanhã a notícia estará em todos os jornais, mas achei justo te contar antes.

– E como você tem certeza de que ainda não sei de nada?

– Tu se refere ao comunicado? Olha, eu não te conheço, mas acredito que não, não sabe.

– E por que quer me contar?

– Porque sempre fui teu fã. Só isso.

Um fã. Nem sabia que isso ainda existia em meu vocabulário.

– Obrigado – agradeço. – Mas duvido que seja tão importante assim.

– João, provavelmente eu estou me metendo onde não fui chamado, mas preciso te avisar... te avisar que tudo não passa de uma armação.

– Uma armação?

– É, tenho fontes seguras de que o show que Mel X faria no

domingo seria um fracasso, nem metade dos ingressos foram vendidos, os números das vendas do novo disco não são verdadeiros.

– Ei, ei – interrompo. – Isso é muito grave. Você não pode sair por aí falando uma coisa dessas.

– Mas acredite – continua Eduardo. – Acredite, eu tenho como provar pra ti. Mas, voltando ao comunicado, a assessoria de imprensa de Mel X acaba de divulgar que a renda do show especial de Páscoa será totalmente doada para instituições que tratam dependentes químicos, assim como uma boa parte do dinheiro das vendas do disco novo.

Não posso estar ouvindo direito.

– Você tá brincando comigo...

– Não, não tô brincando... o mais impressionante é que, mesmo sem este comunicado, os ingressos estão quase esgotados. Acredite, a fórmula de Mel X estava desgastada, tudo o que aconteceu foi apenas uma grande armação pra trazê-la de volta à mídia, de volta às paradas... tenho informações, inclusive, de que o contrato com a rede de televisão finalmente vai sair.

Estou prestes a acreditar nas palavras de Eduardo quando lembro de um detalhe.

– Não pode ser armação – falo. – É impossível. Quem ligou pra imprensa pra contar que Mel X está aqui foi alguém que conheço.

– Eu sei disso – diz Eduardo. – Também recebi um telefonema de Mateus.

– Então como pode ser armação?

– Já disse: acredite em mim. Sou muito próximo da assessoria de imprensa de Mel X. Mais cedo ou mais tarde, eles dariam um jeito de plantar a notícia. Era só uma questão de tempo.

Não sei mais em que acreditar. Mas sei que a família de Melissa é capaz de tudo para salvar a carreira da filha. Até mesmo usar alguém como eu.

– E você tá me contando tudo isso por que é meu fã? – pergunto desconfiado.

Ele fica em silêncio.

– Alô? – digo. – Eduardo?

– Tô te contando isso porque sei o que é conviver com o fantasma das drogas – finalmente diz. – E sei que tu não iria usar o teu problema pra vender mais discos.

– Bom... – penso em algo para dizer.

– Era isso. Tu não precisa me falar nada. Só te peço desculpas novamente se tô invadindo a tua vida.

E desliga o telefone.

Por alguns segundos, fico com o aparelho em minha mão. Pela segunda vez na noite, sinto que estou paralisado. E, dessa vez, a imagem de Melissa nua na cama me deixa com náuseas.

60

Eu sei que é preciso fazer alguma coisa. Alguma coisa em relação a Melissa. Alguma coisa em relação a Mateus. Mas continuo inerte. Tão inerte que consigo pensar que o melhor a fazer é não fazer nada. Somente fugir.

Mas, infelizmente, só conheço um caminho para a fuga.

Por isso, saio com pressa às ruas de Cassino. Paro em uma farmácia qualquer, praticamente obrigo o balconista a me vender todos os comprimidos que antes me serviam de companhia em noites como essa, e depois entro no primeiro bar que vejo pela frente.

Em segundos os copos são trocados por garrafas de vodca. E as cartelas de comprimidos são esvaziadas com dedos que não conseguem parar de tremer.

Sim, eu sei. Sou um covarde. Faço isso porque não quero enfrentar a vida que recomecei hoje. Mas também porque sei que, no exato momento em que cair inconsciente no asfalto gelado de Cassino, estarei me vingando de Melissa. É um jeito medíocre, ridículo e infantil de se vingar. No entanto, não fui eu quem pediu tudo isso. Ela quis um namorado junkie, não é mesmo? Pois então. Pronto. Aqui está ele.

Que venham as manchetes do jornal.

61

Cibele acende um cigarro. Com a mão direita, toca as teclas amareladas do Piano, uma pequena seqüência de acordes que tento acompanhar em meu violão.

– Nós parecemos dois hippies, João, não é à toa que nunca demos certo – diz.

Nós rimos juntos. Largo o violão no sofá e sento ao seu lado à frente do Piano. Beijo o seu rosto. É bom tê-la de volta.

– Senti saudades de ti – falo. – Pena que não chegou a tempo pro meu aniversário.

Ela deixa o cigarro queimando sobre o cinzeiro. Aperta as minhas bochechas: – Quem diria, Joãozinho? Agora tu tem trinta anos...

– Às vezes, Cibele, quando sento aqui neste banco, sinto que tenho seis, sete anos e tu tá me contando as histórias do Piano.

– Tu tem cuidado bem dele, João? – ela pergunta e passa os dedos sobre o teclado. – Aposto que ele deve ter várias histórias tuas pra contar.

– Quem sabe – digo. – Mas tu deve ter mais histórias. Há quanto tempo tu não voltava pro Brasil? Quatro, cinco anos?

– Seis, João, seis – responde ela. – Em seis anos acontecem muita coisa.

– Se acontecem – concordo.

Ela apaga o cigarro no cinzeiro. Caminha pela sala de meu apartamento. Observa os meus discos na estante, os livros, as fotografias da época em que nós dois ainda sonhávamos em seguir uma carreira musical. Será que ela ainda se reconhece nestas imagens? Agora está tão mais magra, a sua pele já não possui mais o dourado do sol de anos de pesca na praia de Cassino, e existe um certo vazio em seu olhar.

– Vai, tu começa – diz. – O que aconteceu nestes seis anos?

De repente, Mateus surge na sala. Olho para o relógio. São quase duas da manhã. Eles já deveriam estar dormindo.

– Ei, João – ele me chama. – A Ci não tá conseguindo dormir. Ela quer que tu cante uma canção.

Cibele sorri.

– Ainda não acredito que vocês batizaram a sua filhinha com o meu nome – comenta ela. – O que a mãe dela diz sobre isso?

Pego o meu violão, abraço Mateus e, antes de ir para o quarto e cantar uma velha canção dos Beatles para a nossa filha, falo: – Foram dois contra um. Letícia não teve escolha.

Mateus segura a minha mão e me leva até o quarto.

– Ei, Tia Cibele, quer cantar junto? – ele convida. – Tu sempre foi a mais afinada da dupla.

Então nós três deixamos a sala. E assim o Piano começa a contar a nossa nova história.

62

Acordo com um beijo de Mateus. Demoro para abrir os olhos. Estou cansado. A excitação de rever Cibele depois de todos estes anos me deixou em claro durante quase toda a noite. Sempre soube que, entre todas as minhas irmãs, Cibele era a única que dividia a mesma inquietação que sentia. Mas nunca imaginei que um dia ela iria pegar as suas coisas e simplesmente desaparecer, apenas enviando cartões-postais no Natal e ligando de vez em quando para saber como estava o seu Piano. A minha maior surpresa, no entanto, é saber que, apesar de toda a família tê-la recebido de forma fria, como se ela já não fizesse mais parte de nós, sim, a surpresa maior é saber que o meu pai abriu os braços. E daqui a alguns minutos irá nos levar para passar o feriado de Páscoa em Cassino, exatamente como fazíamos quando éramos crianças.

Mateus acorda a pequena Ci e arruma a mesa para o café. Cibele entra em nosso quarto enquanto coloco as nossas roupas na mala.

– Ei, tu tem certeza de que o Seu Campos aceitou tudo isso? – ela pergunta. – Afinal, tu é o tão sonhado filho homem dele.

– É incrível, não é mesmo? – digo. – Mas o nosso relacionamento melhorou trezentos por cento desde que me separei de Letícia pra ficar com Mateus. Aliás, Letícia também me deixou com a boca aberta. Ela não existe, sabe?

– É, se fosse comigo, não sei não – Cibele concorda. – Acho que te mataria, e depois mataria o Mateus.

– Não foi tão fácil assim, foi um verdadeiro furacão, foram meses horríveis mesmo. Mas quando a Ci nasceu, não sei, acho que quando olhamos pro seu pequeno rosto finalmente entendemos que nós sempre fomos um núcleo, entende? Eu, Mateus, Letícia, até mesmo o pai, somos pedaços da mesma pessoa e tivemos sorte de nos encontrarmos.

– Ah, se eu pudesse pensar assim – ela suspira.

– É difícil de entender, eu sei – digo.

– Até parece um sonho – Cibele fala.

Mateus entra no quarto com a pequena Ci no colo. Ela pergunta pela mãe. Falo que a mamãe está chegando com o vovô para irmos à praia. Ela diz que está frio, que não entende por que estamos indo à praia. Eu e Mateus inventamos uma história maluca de que o coelhinho da Páscoa avisou que estava com saudades do mar, por isso nós decidimos viajar. Cibele ri e, por alguns instantes, tenho saudade da época em que alimentávamos a fantasia de sermos popstars, mas vejo em seu sorriso o sorriso de minha filha. E então afirmo: – Quem sabe, Cibele, isto não seja mesmo um sonho. Isso, talvez tudo isso seja apenas um sonho, daqueles que, quando acordamos, sentimos que tudo está melhor, sim, tudo está melhor.

63 ___

Os dedos da pequena Ci apertam a minha mão enquanto Letícia acelera o seu carro em direção a Cassino. Nunca fizemos esta viagem antes, mas tenho a impressão de já ter dividido esta mesma estrada com Letícia. Mateus pergunta se está ventando muito na parte de trás. Peço que deixe a janela aberta. Um pequeno cobertor envolve o corpo de Ci, e nos últimos dias sinto esta estranha necessidade de me encontrar com o vento. Quero respirar sem ter que fazer esforço. Trinta anos se passaram e parece que durante todos estes dias fui alimentado por um ar artificial. A verdade é que precisava de Cibele por perto para que tudo isso se tornasse, finalmente, realidade. Sempre foi assim. Nada que acontecesse em minha vida se tornava palpável se não contasse para Cibele. Porque é ela que traça as linhas sem as quais não posso escrever os meus dias. E, acredite, chegar até aqui sem a sua companhia foi como se lutasse contra mim mesmo.

Vejo Letícia pelo espelho retrovisor. Ela sorri. Sorri ao ver a nossa filha, tão tranqüila dormindo ao meu lado e, ao mesmo tempo, tão cheia de brilho, como o céu púrpura do amanhecer que, aos poucos, torna-se cada vez mais azul. Estamos todos em silêncio, e eu me pergunto se somos uma família feliz. Se não está faltando uma música no aparelho de som para que a gente possa cantar junto. Em voz alta, gargalhando, batendo palmas. Mas logo penso que, apesar de tudo, somos apenas uma família. E, como todas, não somos felizes ou infelizes. Somos apenas planetas que decidiram girar na mesma órbita. E agora só nos resta seguirmos as nossas rotas, apesar de tudo. Porque a minha própria família explodiu em diversas estrelas isoladas. E até hoje estamos tentando nos reencontrar.

Deito a minha cabeça no vidro, e lembro que, nas viagens de minha infância a Cassino, sempre olhava para a paisagem e imaginava o meu futuro. Ali, à beira da estrada, a minha vida dava voltas, e quando o asfalto encontrava o mar, eu tinha a mochila cheia de planos.

– Meu Deus – falo de repente. – Eu tenho trinta anos.

Letícia ri: – Deixa de ser bobo, João, ninguém mais tem crise dos trinta.

– Não, não é isso – argumento. – Eu só tava aqui relembrando das minhas viagens pra Cassino com o meu pai e, putz, quando era criança eu tinha tantos planos, e agora acabo de completar trinta anos e nada que planejei aconteceu.

– E a gente pode saber o que tu planejou? – pergunta Mateus.

– Ah, vocês sabem, primeiro pensava em fazer sucesso ao lado de Cibele, sei lá, ser capa de revista, ir nos programas infantis, essas coisas... mas depois, depois, pensei em casar, ter um bom emprego, desses que a gente tem que ir todo dia de terno e gravata, e uma mulher me esperando com todos os meus filhos em casa.

Os dois começam a rir.

– É sério – reclamo.

– Que coisa mais careta – Mateus diz.

– Ah, mas tu já foi casado com uma mulher que, sempre

que podia, te esperava – Letícia fala ironicamente. – Perdeu a tua chance.

Então surgem novas imagens em minha memória.

– Ah, mas nas últimas vezes que viajei com o meu pai, sei lá, com uns quinze, dezesseis anos, e já era amigo de vocês, pensava em outra coisa. Planejava ganhar rios de dinheiro com o rock and roll e morar fora de Porto Alegre, e aí vocês dois se casariam – digo à medida que relembro de meus planos. – Já pensaram numa coisa dessas?

– E aí tu acabaria se enchendo de drogas ou namoraria alguém muito famoso, ou as duas coisas – fala Mateus. – Mas depois voltaria arrependido pra cá, e descobriria que, na verdade, sempre me amou.

– Opa! – exclama Letícia. – Vocês adoram me abandonar, não é mesmo?

Nós rimos, e nossas risadas acordam Ci.

– Já chegamos? – ela pergunta.

– Não, meu amor – responde Letícia. – Pode dormir mais.

– E o coelhinho da Páscoa?

– Ah, o coelhinho – suspira Mateus. – Parece que o coelhinho tá no carro do vovô com a tia Cibele.

– Por que a tia Cibele se chama Cibele?

Agora é a minha vez: – Na verdade, o nome da tia Cibele é tia Maria, mas ela gosta tanto do teu nome que decidiu trocar pra tia Cibele.

Ela ri de forma desafinada.

– Aliás – Letícia fala –, acho que vou trocar o meu também. A partir de agora o meu nome é mamãe Cibele.

Ci começa a gargalhar. E tenho vontade de dizer a Letícia que nunca tive vontade de abandoná-la, de que faz parte de tudo mais do que imagina, mas, no fundo, acho que ela já sabe disso.

64

Eu tentei desviar a minha boca do segundo beijo de Mateus, mas apenas fechei os olhos. E ele jogou todo o seu peso contra mim, prendendo os meus punhos na parede da sala, as minhas costas sentindo o frio do vidro que protegia o pôster de John Coltrane. E eu poderia mentir para você que estávamos bêbados e chapados, mas a verdade é que não passava de uma manhã de domingo. Quis acordá-lo com uma surpresa, a notícia de que Letícia estava grávida, e ele começou a chorar, falou que agora iria me perder de verdade, que nós estávamos nos afastando. Foi então que percebi o quanto sentia saudades suas e que gostaria que o meu filho nascesse com os seus olhos, com o seu rosto perfeito de Jim Morrison, com a sua sedução. E não precisei dizer nada. Ele apenas deu um passo à frente e beijou a minha boca.

Fechei os olhos porque não queria ver o que estava fazendo. Se cego sempre fui, que fosse também quando acontecesse o inevitável.

Mas ele me segurava com força e dizia: – Abra os olhos, abra, quero que tu veja tudo isso.

E vi, sob a luz do dia que brilhava na veneziana de seu apartamento, o meu corpo se entregar a um outro igual.

Acordei às seis da tarde com o telefone. Era Letícia que procurava por mim. E eu não sabia o que falar. Eu me sentia viado, sujo, puto, bicha. Mas, de uma certa forma, aliviado.

No entanto, nós a amavámos demais para esconder a verdade por muito tempo. Mas ela já sabia. Quando confessei que estava sendo infiel, simplesmente falou que estava saindo de casa para que Mateus viesse morar comigo. Egoísta que sou, pedi para ser xingado. Queria o seu ódio, a sua raiva, a sua decepção. Não esperava ser entendido, porque eu mesmo não estava entendendo tudo o que acontecia comigo. Queria a minha melhor amiga novamente, que ela oferecesse o seu ombro para que chorássemos juntos. Mas não. Choramos separados durante nove meses.

Até que a pequena Cibele nasceu. E Letícia telefonou e disse: – Não é justo que a nossa filha cresça sem o pai.

E a cada dia que Cibele nos surpreendia, nós três nos reaproximávamos mais e voltamos a seguir a mesma rota. Porque era isso que estava escrito, porque era essa a história que o Piano tentava contar para mim toda vez que a ele voltava, porque o amor é confuso, e se não for confuso, desculpe o clichê, não é amor.

Às vezes eu me pergunto por que diabos somos obrigados a conviver com tanta dor. Mas quando vejo a pequena Ci, tão elétrica em seus três anos de vida, cair sobre a areia grossa da praça, e saio correndo em sua direção, preocupado, e, de repente, lá está ela em pé novamente, brincando como se nada tivesse acontecido, quando me dou conta de que tudo não passa de um grande exagero de nossa parte, de um drama aprendido em novelas de televisão, ah, então descubro que são somente cicatrizes que levamos conosco quando morremos. Nada de dinheiro, carreira, casa, carro, viagens, coleções de discos. Nada disso. Apenas cicatrizes. Porque são elas que nos fazem únicos. São elas que nos fazem humanos. São elas que nos fazem vivos. Mesmo quando não passamos de uma simples lembrança na memória de quem deixamos por aqui.

Por isso, esqueço a vergonha. E deixo que você me acuse de cafona, piegas, brega, maricas. Porque sei que, na verdade, você pensa como eu. Só tem medo de admitir.

65

Menos de uma hora depois de deixarmos as nossas bagagens no hotel, meu pai, Cibele e eu já estamos na plataforma de pesca do Cassino. Cibele olha para os lados, como se procurasse alguma coisa, uma expressão de dúvida em seu rosto.

– Ei – ela finalmente fala. – Não existia um navio encalhado por aqui?

Meu pai coloca a isca no anzol e responde: – É difícil de acreditar, Cibele, mas há uns dois anos uma grande tempestade caiu em Cassino, e o navio simplesmente desapareceu.

– Não é fantástico? – acrescento.

– Vocês querem dizer que ele afundou, não? – Cibele diz incrédula.

– Não, não afundou – meu pai fala. – Desapareceu mesmo.

– Ei, ei, vocês estão brincando comigo. Um navio não desaparece assim da noite pro dia.

– Pois este desapareceu – ele diz. – A mãe de vocês vive dizendo que é um milagre, mas acho que é assim que as coisas funcionam. É a natureza da vida. Um dia tu simplesmente tens que voltar pro teu porto.

Cibele entende a mensagem.

– Por que tu é assim? – ela pergunta. – Por quê? Por que tu me recebe de braços abertos sem o mesmo olhar de mágoa da mãe? E não é só comigo. Por que tu consegue aceitar que o seu filho está vivendo com outro...

– Ei, senhorita – ele interrompe. – Eu posso aceitar o que vocês decidiram fazer de suas vidas, mas isso não significa que eu entenda.

Eu não resisto e começo a rir.

– Desculpem – falo. – Mas não é irônico? O Seu Campos faz uma promessa pra que nasça um filho homem, não cumpre, e o que acontece? O seu filho se torna...

– Muito engraçado, João – ele interrompe novamente. – Muito engraçado.

Cibele continua procurando pelo navio encalhado. Não consegue parar de olhar para o mar.

– É muito surreal tudo isso – comenta. – Como é que pode?

– Esqueça isso, Cibele – meu pai diz. – O navio desaparecer é tão inacreditável quanto tu estares aqui novamente.

– O pai tem razão – concordo. – Tu voltou pro teu porto seguro, Cibele.

Meu pai joga o anzol ao mar.

– A pergunta, minha filha, é que tempestade trouxeste de volta?

A frase de meu pai traz consigo um longo silêncio. Quero fazer a mesma pergunta a Cibele. Porque tenho em mim a sensação de que já passei por tudo isso. É como se estivesse vendo a minha própria vida na vida de Cibele. Talvez tenha sido mais um dos meus sonhos, ou um projeto que, de tanto planejar, acabou se tornando uma verdadeira lembrança em minha memória. Por isso, sei que as respostas demoram a aparecer. E tudo o que posso fazer agora é segurar firme a mão de minha irmã. Afinal, o céu está se fechando. E não quero correr o risco de perdê-la em outra tempestade.

66

Nós pegamos palavras ao vento, tentando transformar o silêncio em respostas que não precisam ser ditas, mas que insistem em amargar as nossas gargantas. Meu pai respira com força e nos olha com cumplicidade. Foi assim que ele nos ensinou a descobrir os segredos do tempo, a perceber quando não é uma boa hora para se pescar, sentindo, assim, o cheiro da chuva.

Vivemos em tempos instáveis, penso, e tenho esta utopia de que não seria preciso passar por tudo isso, de que todas as vinte e quatro horas dos meus dias não fossem coloridas por surpresas com as quais não aprendi a lidar. As nuvens, antes esparsas, começam a formar um cinza único, os meus cabelos voam e, ao virar para trás, vejo Cibele e eu correndo pelos molhes do Cassino, dois irmãos cujos sorrisos não deixam suspeitas de felicidade. Mas então lembro das sobrancelhas arqueadas de Cibele ao olhar para o velho navio encalhado. Sim, havia algo diferente no rosto daquela criança de dez, onze anos de idade. Nós passamos a vida toda acreditando que fazemos escolhas e mais escolhas, quando, na verdade, agimos apenas de acordo com o que sempre esteve escrito desde o dia em que nascemos. Talvez seja um papo idiota para uma manhã de sexta-feira, mas qualquer pessoa mais esperta saberia dizer que o lugar de Cibele nunca fora aqui. E não, ela não estava apenas olhando para aquele navio, os seus olhos miravam era o mar. Porque agora sei: Cibele sempre pertenceu ao horizonte.

O meu pai cutuca o meu braço e aponta para o equipamento de pesca. Ele aponta para o céu. É hora de recolher as coisas e voltar ao hotel. Nós caminhamos devagar até os trilhos que nos levam de volta à praia, quando Cibele subitamente pára e diz: – Eu estou afundando.

Sim, as respostas surgem quando menos esperamos.

– Estou afundando – ela repete. – E quero que seja aqui.

Meu pai larga a vara de pescar e o isopor no chão. Devagar, ele se aproxima de Cibele.

– O que tu estás dizendo, minha filha? – pergunta ele.

– Tu não queria saber por que voltei?

– Não, eu não preciso saber por que estás de volta – diz ele.

– Não, tu perguntou ali, perguntou qual é a tempestade que me trouxe até aqui – ela explica.

– Eu não preciso de motivos – ele fala. – O que eu quis dizer é que tu precisas saber por que estás aqui.

E, então, Cibele abraça o meu pai pela primeira vez desde que voltou para casa.

– Eu estou afundando – ela soluça. – Estou afundando, e não quero estar sozinha quando tudo isso acontecer.

Tenho vontade de perguntar o que ela está querendo dizer com tudo isso. Mas, em vez disso, permaneço quieto, em frente aos trilhos, observando o abraço de duas partes de mim. E sinto orgulho, e ao mesmo tempo inveja, de meu pai, por ele ter este respeito por nós, por não nos condenar nem mesmo quando não concorda com o que fizemos. Penso se também serei assim com a pequena Ci, e, de repente, sinto saudades de minha filha. Olho para o mar, para o horizonte, para o meu pai, para a minha irmã, para o céu, e então agradeço em voz alta pelas linhas que foram escritas para mim. Nem sempre as frases foram as mais bonitas, é verdade. E muitas vezes as metáforas surgiram como enigmas óbvios que o meu egoísmo não me deixou decifrar. Porque viver é isso. É ter as nossas linhas misturadas com as linhas dos outros, como se um grupo de escritores se reunisse para contar a trajetória de pessoas tão diferentes mas que, de palavra em palavra, começam a ter mais e mais em comum. E talvez a beleza maior seja essa. Novos personagens entram, velhos personagens voltam.

– Tu não estás sozinha – ouço o meu pai sussurrar. – Quando pensares que estás se afundando, quero que te segures em meu braço.

Sinto pingos de chuva em meus cabelos. Os dois caminham em minha direção. À minha frente, vejo a palavra "esperança" voar por entre a chuva. Não tenho dúvidas. Deslizo a minha mão pelo ar até capturá-la. Quando o meu pai e Cibele olham para mim, abro um sorriso.

Não há mais nada a dizer.
Pelo menos por enquanto.

67 ___

O que você ouve quando fecha os olhos? O que você ouve quando o baú de sua memória é aberto? O que você ouve quando os seus olhos se fixam no teto de seu quarto na hora de dormir? Sempre pensei que as lembranças deveriam dançar. Que elas não deveriam ser apenas imagens isoladas no silêncio de nossas almas. Toda a minha vida é movida por música, por notas solitárias de um piano, por cordas dedilhadas de um violão, por vozes declamando versos. Por isso, um dia decidi que as minhas lembranças também seriam assim. Em uma manhã de domingo, acordei cedo e balancei o corpo de Mateus. Disse que nós precisávamos ir a uma feira de antigüidades, que deveríamos comprar uma câmera antiga de Super 8, que a partir daquele dia seríamos como aquelas famílias dos filmes americanos que projetam na parede da sala as cenas de seus filhos brincando, correndo, apagando velas, subindo no palco da escola para pegar o diploma. E que, para cada cena, eu iria compor uma canção, e que todas as músicas ficariam guardadas em partituras em uma caixa de sapatos, junto com as nossas fotografias e, quando sentíssemos saudades da pequena Ci, nós levantaríamos no meio da madrugada e veríamos os nossos curta-metragens particulares ao som dos meus dedos sobre a tecla marfim do Piano. Ele ainda tentou dizer que era loucura, que não havia mais como revelar a película de Super 8, que não via motivo em comprar um equipamento tão antigo com tantas câmeras modernas para vender. Mas insisti. E desde então sempre carregamos com a gente a pequena câmera.

– Vocês acham que ainda estão nos anos 70? – pergunta Cibele enquanto observamos Mateus filmando a pequena Ci no quarto do hotel.

– É totalmente retrô, eu sei – digo. – Fora o trabalho que dá pra mandar revelar. Mas é por causa desses pequenos filmes que voltei a compor, sabe? Eu fico lá, olhando pras cenas da minha filha, com o violão por perto, às vezes com o seu piano ao meu lado e, de repente, sinto aquele desejo que tinha quando éramos adolescentes, quando havia tanta coisa pra colocar pra fora e nada parecia ser suficiente, entende? Tudo o que a gente precisava era da música.

Letícia retira de sua bolsa um coelho de chocolate. Ci corre em sua direção, e as duas se beijam com carinho. Mateus acompanha tudo com a nossa câmera.

– A música te faz aceitar melhor tudo o que tá acontecendo? – Cibele fala. – Porque eu conheço o meu irmão e conheço gays. E tu não é gay, João, nunca foi.

Respiro fundo. Desde que assumi o meu relacionamento com Mateus, evito pensar no assunto.

– As coisas não são assim tão simples, Cibele – tento explicar. – As pessoas não são divididas pelo sexo que praticam. Nunca me vi como um gay, jamais imaginei que fosse amar outro homem como amo Mateus. Mas a verdade é que o amo, e acredito que o amaria se ele fosse mulher, se nós dois fôssemos mulheres. Não pense que não tenho dúvidas, que não me questiono se fiz a escolha certa, mas a verdade é que não havia escolha. Eu o amo, eu sinto desejo por ele, eu o quero perto de mim mais do que sempre quis Letícia. E tudo isso pode parecer uma grande confusão, e sei que a minha filha talvez não entenda por que o seu pai vive com outro cara, mas as coisas nem sempre seguem uma lógica.

– Só espero que tu tenha feito tudo isso por ti – ela diz.

– Como assim? – quero saber.

– Que tu não tenha aceito Mateus em tua vida porque não quis decepcioná-lo.

E, de repente, Mateus aponta a câmera para nós. Os seus olhos parecem brilhar.

– Tu não imagina como o meu peito arde quando o vejo olhando desse jeito pra mim, Cibele – falo. – Tu não imagina.

Ela segura a minha mão.

– E então? – ela pergunta subitamente. – O que tu queria dizer contando toda essa história de Super 8 e música?

– O que eu queria dizer? Na verdade, Cibele, queria era fazer um convite.

– Um convite?

– É, eu quero que tu me ajude a escrever as músicas de minhas lembranças.

Ela suspira.

– Eu não posso, João.

– Como assim não pode?

– Já disse pra vocês: estou afundando.

Aperto a sua mão.

– O que diabos tu quer dizer com isso? – pergunto.

– Há muito tempo que não me sinto bem – ela responde.

– O que houve? Tu tá doente?

– Talvez.

– O que tu tem? Me conta, por favor – peço.

– Não tô doente, doente, João, as coisas simplesmente pararam de ter sentido – ela desabafa. – Antes parecia que, enquanto estivesse viajando, mudando de casa de ano em ano, não deixando que as raízes crescessem, magoando as pessoas que gosto, sabe, antes parecia que tudo estava bem, que era me escondendo que eu encontrava a verdadeira Cibele. Mas agora me dei conta de que nem sei mais que é essa Cibele. Em algum lugar do mundo eu a perdi. E agora o meu corpo dói, o meu coração dói, e passo as noites chorando, e sinto que estou afundando.

Coloco a sua cabeça em meu ombro.

– Sabe, Cibele, as coisas não precisam ter sentido. Eu já te disse, talvez não faça nenhum sentido eu estar ao lado de Mateus, mas é isso que me faz bem.

– Mas o que é que pode me fazer bem?

A sua pergunta fica no ar por alguns segundos. Não sei o que dizer. Apenas acompanho com os olhos a pequena Ci correr até a varanda do quarto e gritar: – A chuva acabou, mamãe!

– Ei – finalmente digo. – Talvez escrever as músicas comigo possa te fazer bem.

Ela beija o meu rosto.

– Obrigado – diz. – Quero que saiba que tu é a única raiz que desejei guardar. E sempre lembrei de ti com música, se é que isso vai te deixar mais feliz. Cada vez que tu aparecia em minha memória, cada vez que batia a saudade, eu conseguia ouvir uma delicada melodia.

– Tu é capaz de tocá-la pra mim? – pergunto.

Antes que Cibele possa responder, a pequena Ci se aproxima e a puxa pelo braço: – Vamos, tia, vamos pra praia, a chuva foi embora.

– Vamos, meu amor, vamos – Cibele concorda. – Mas tá frio demais, a gente não pode entrar na água, tá?

– Só molhar os pés? – Ci pede.

– Ah, mas eu não sei nadar – Cibele fala ao levantar-se.

– Não tem problema, tia, eu te salvo – minha filha diz e, de repente, tenho a impressão de estar ouvindo Cibele cantarolar uma melodia em voz baixa.

Sim, a nossa vida tem trilha sonora.

Você consegue ouvir?

68

A areia úmida da praia, envolvendo os meus pés com pequenos e gelados grãos, transportam o meu corpo para os meus vinte e poucos anos, quando o sentimento de ficar mais velho não trazia consigo a tristeza do que deixara de fazer. Posso ver Letícia e Mateus, brincando de jogo da velha com longas varas de madeiras e depois correndo em minha direção, deixando que os seus corpos caiam sobre o meu em meio a toalhas, garrafas de cerveja e sanduíches de queijo. Sou capaz de dizer exatamente o que cada um deles vestia naquela manhã, mas os anos apagaram de minha memória o nome da praia. Será que estávamos em Santa Catarina? Em um feriado de inverno? E por que, afinal, nós sempre procurávamos o consolo do mar em dias frios? Tanta coisa para lembrar, e somente consigo pensar que, quando senti o corpo de Mateus tão perto do meu e os seus olhos próximos demais de minha boca, a minha pele ficou mais quente como se um pequeno momento de verão estivesse invadindo o meu inverno. Por isso, agora, aperto o passo e tento alcançá-lo.

– Ei – digo ao tocar o seu ombro. – Acho que eu sempre soube.

– Sempre soube o quê? – ele pergunta.

– De nós dois – respondo.

Ele sorri.

– Por que isso agora?

– E por que não agora? – devolvo a pergunta e beijo o seu rosto.

Ele liga a câmera de Super 8 e começa a me filmar. Olho para trás e vejo as nossas pegadas na areia.

– Mateus – falo. – Filma isso, filma as nossas pegadas.

– As nossas pegadas, João?

– É, olha como elas ficam bonitas juntas, formando um caminho só – digo.

– Tu tá sentimental demais – ele comenta.

– É, Páscoa, Mateus, a gente sempre fica mais sentimental nessas datas.

Ele ri. E começa a filmar as nossas pegadas.

E porque estou sendo sentimental demais, poupo Mateus de meus pensamentos, e não digo que, na verdade, quero essas pegadas na parede da sala para que a gente nunca esqueça que os caminhos são sempre mais fáceis de percorrer quando não se está sozinho.

As pegadas desaparecem, é verdade.

Mas os grãos de areia, ah, os grãos de areia insistem em ficar em nossos pés.

69 ___

Você aponta a câmera, a minha timidez dispara, o medo de ser invadido pelo olhar de sua lente me faz virar o rosto, coloco a palma de minha mão à frente, mas, de repente, sinto os seus dedos fazendo caracóis juntos dos meus, assim, deixo a minha intimidade ser despida. Mostro o meu melhor ângulo, arrumo os cabelos despenteados pela brisa do mar, fecho os botões da camisa jeans. Escolho o sorriso que só você entende. Porque não temos microfones, porque agora sou o protagonista de um filme mudo, porque quero dizer tanto e digo mais quando os meus olhos se perdem nos seus. Você me dirige, diz para que corra, para que aponte para as nuvens, para que construa castelos de areia com a minha filha que o amor transformou em sua. Um castelo para nós, com escadarias formando curvas pelas paredes, com grandes lustres para iluminar as nossas festas e bailes e jantares. E um piano, um cravo, uma harpa. É neste castelo que quero dançar sempre, dividir os passos em um piso de azulejos pintados à mão, desenhar com as nossas pernas o caminho de nossa vida. Até que as ondas do mar nos levem de volta para a terra firme e a gargalhada da pequena Cibele se confunda com os cantos das gaivotas. Nós rolamos pela areia da praia, sujando os nossos narizes e orelhas, e a mãe de Cibele nos repreende até ser surpreendida com o nosso abraço. Você está pensando o mesmo que eu? Sim, você está. Já sei como reconhecer os seus sentimentos, aprendi a ler os seus pensamentos, até sei sincronizar o meu coração com o seu. E eu concordo. Sim, somos uma família tão feliz dentro de nossas pequenas infelicidades, tão comum em meio a tantas diferenças, tão ordinária apesar de muitas peculiaridades. E você sabe também que nada disso é possível sem a sua presença, sem o calor de sua pele perto da minha, sem a verdade que as palavras me trazem. Isso, continue filmando. Esta é a minha família. Esta é a minha vida. Este é o roteiro que me foi dado. Este é o papel que aceitei. Esta é a profissão para a qual me dedico com cada vez mais paixão. Outras pessoas dirão que é ficção. Críticos irônicos irão me destruir, dizendo que sou fruto de um romantismo antiquado, cujas imagens não passam de pequenas banalidades de vidas tão fúteis de quem me vê, lê, ouve e sente. Mas quando vejo você agora, rindo enquanto rolo pelo chão ao lado de minha filha, ao lado de Letícia, ao lado de minha irmã, ao lado de meu pai, sim, quando escuto o barulho da câmera Super 8 se confundindo com os nossos risos, é em momentos assim que tenho vontade de dizer a todos: fodam-se. Fodam-se com toda esta impureza disfarçada de sarcasmo. Porque a minha vida é tão fútil quanto a de vocês, se é que vocês ainda não perceberam. Mas a minha futilidade tem nome. E ela se chama amor. Quanto aos finais felizes dos quais vocês tanto debocham, quero que saibam que os meus finais não são felizes. Porque a minha vida não tem fim. A de vocês, sim. Por isso, querido, não desligue a câmera.

Apenas continue filmando.

70

Ci brinca com um coelho em forma de balão enquanto eu e Cibele conversamos sentados em um banco no calçadão da praia. As palavras de minha irmã são escolhidas devagar, como se ela estivesse folheando um dicionário.

– Estou afundando porque antes a felicidade dos outros me bastava. Agora, nem isso. Vejo vocês e tudo o que queria sentir era inveja. Ou, quem sabe, um pouco de inspiração. Mas não. Tudo isso apenas faz com que eu me afunde mais na calmaria que a minha vida se transformou. O pai diz que a tempestade é que me trouxe. Não, João, a tempestade já se foi, e é por isso que estou de volta. Mas foi a tempestade que sempre fez com que me sentisse bem, viva, entende? Agora vejo que conheci todo o mundo, mas não reconheço a minha própria esquina. Me diga, João, por que devo continuar?

Agora é a minha vez de escolher as palavras. Mas sinto que todos os dicionários foram retirados de minha biblioteca particular. Por isso, fico em silêncio, esperando novamente que o vento me traga as palavras. No entanto, o vento leva embora o balão de Ci. E ela corre atrás dele. Corre tanto que, quando percebemos, ela está no meio da rua. E um carro se aproxima em alta velocidade. Levanto para socorrer a minha filha, mas Cibele é mais rápida que eu.

E tudo acontece bem à minha frente.

Cibele salta em direção de Ci. Minha filha cai, chorando, no outro lado da calçada. Mas a minha irmã, bem, a minha irmã é atingida pelo carro.

Penso em chamar uma ambulância, em gritar desesperado, mas as minhas pernas não se mexem. Talvez porque, no fundo, eu saiba que é tarde demais.

E somente consigo ouvir a voz de Cibele dizendo: – Por que continuar?

Não existe por quê.

Existe apenas essa sensação de estar afundando.

71

Eu não reconheço mais a verdade.

As paredes são brancas, mas talvez tenha desaprendido a diferenciar as cores. Os meus olhos se abrem devagar. Tenho essa sensação dolorida de estar nascendo de novo. As pálpebras se movem enquanto tento mexer o meu corpo. Procuro lembrar como cheguei até aqui, mas somente vejo a cor de carvão queimado do asfalto. O meu rosto arranhado, as bochechas geladas, a boca seca. Fragmentos de uma memória abalada pelo desejo adolescente de autodestruição. Um fio discreto de descobrir que o pior não aconteceu. Ou será que o pior ainda está por vir?

Sonhos, delírios, ilusões. Apenas a certeza de que esta não é a cama cujos lençóis foram amassados com a fricção de minha pele contra a de Melissa.

Levanto a cabeça e vejo uma pequena mangueira em meu braço. Saltadas, as minhas veias não passam de rios que nunca encontraram o mar. São rios de águas sujas que vagam a esmo, formando ondas tão fracas que nem ao menos são capazes de levar embora todas essas incertezas. Mas já que acordei, já que sobrevivi, já que novamente estou aqui, que pelo menos não deixe que o meu coração mais uma vez se afogue em meio a tanta covardia.

Você se lembra de mim? Meu nome é João Pedro de Campos Júnior.

Algumas pessoas irão dizer que tentei suicídio. Eu poderia ser romântico e afirmar que quis apenas reencontrar a única pessoa que mostrou ser capaz de me amar. Mas, ao contrário de mim, você sabe reconhecer a verdade. Por isso, peço que estenda a sua mão e me ajude a acabar o que comecei. Porque, sem você, não passo de palavras amontoadas em um livro que poderia ser esquecido nas prateleiras de um sebo qualquer. Eu quero apenas ver a sua lágrima borrando esta tinta. E então, querido leitor, o longo caminho até o ponto final não será tão difícil quanto imagino.

72

E, de repente, sinto uma mão tocando o meu braço.

– Ei, tu finalmente acordou – ouço a voz de Letícia dizer.

Respiro fundo e falo com esforço: – Eu fodi com tudo de novo, não é mesmo?

– Não sei exatamente o que tu tava querendo fazer, João, mas o susto foi grande – ela responde. – Mas já passou. O que importa é que tu tá bem.

Tento sorrir.

– Onde é que estou? – Pergunto. – Que hospital é esse?

– Ainda estamos no Cassino. Nós achamos melhor que tu ficasse aqui.

– Nós quem?

Letícia entende o que estou querendo dizer: – Não, João, a idéia de te deixar aqui não foi de Melissa ou de alguém ligado a ela. Teu pai simplesmente achou que iria te fazer bem ficar em um hotel perto do mar.

– E Melissa? Onde ela está? – pergunto.

– Ela voltou pra São Paulo – Letícia afirma. – Mas deixou uma carta pra ti.

Ela entrega um pequeno envelope onde se lê *Cassino Hotel.* Fico olhando atentamente para aquele pedaço de papel em minhas mãos. Mas não sei se tenho coragem de ler agora.

– Eu não tentei acabar com a minha vida, Letícia – digo, quebrando o silêncio.

Ela segura a minha mão.

– Nós não achamos isso, João.

– Não sou tão covarde assim.

– Ninguém vai te cobrar nada.

– Mas talvez vocês mereçam algumas respostas.

Letícia aperta com mais força os meus dedos.

– Tu é que precisa de respostas – ela diz. – Tu. Não a gente.

– E você tem alguma para me dar?

– Eu só quero te pedir uma coisa.

– Então peça – falo.

Ela suspira. E finalmente diz: – Quero que fique com a gente.

Não sei o que falar. Tenho a impressão de que ela já sabe sobre o beijo de Mateus. E isso me faz ter a certeza de que não existe uma mulher tão forte quanto ela. Desato os nós de nossos dedos, e toco a sua barriga como se dissesse sim.

Mas, sem que eu perceba, outra voz feminina repete o pedido de Letícia: – Isso, João, fique com a gente.

Abro e fecho os olhos rapidamente para ter certeza de que realmente acordei. Mas agora é tudo verdade. E a voz que me pede para ficar é a voz de minha mãe.

73

Eu poderia dizer mil e uma palavras sobre todas as mágoas que guardo por causa de minha mãe. Poderia dizer que, quando

Cibele faleceu naquele maldito atropelamento, perdi muito mais que uma irmã. Perdi também uma mãe que, sentindo-se culpada, dedicou a vida a punir a si mesmo. Mas você não merece mais um desabafo repleto de sentimentalismos e dores ordinárias. O que você não sabe é que o seu sofrimento apenas aumentou o meu. Porque ela não fora a única que sentiu a culpa invadir a sua alma como pequenos gritos que esbarram em sua garganta e insistem em ficar dentro de seu corpo, remoendo as suas veias e impedindo que você continue em frente. Ninguém nunca perguntou exatamente o que aconteceu naquela tarde de quinta-feira, mas algo me leva a acreditar que fui eu que insisti para que fôssemos embora, para que não esperássemos a nossa mãe, para que caminhássemos sozinhos. E não havia nada que eu pedisse que Cibele não fizesse. Eu era o seu irmão caçula, o seu melhor amigo, o seu protegido, e, ironicamente, foi por causa de um desejo meu que ela perdeu a vida. E a minha mãe, tão egoísta, acreditou que a sua dor era maior que a minha. Com que direito ela pôde fazer isso comigo? E agora que estou em um leito de hospital, tem ainda a coragem de pedir para que fique. Ficar por quê? As coisas não se resolvem tão fácil. Há mais de vinte anos que venho tentando superar tudo isso. Há mais de vinte anos que tenho pesadelos com som de pneus de carro cantando no asfalto. Há mais de vinte anos que não posso ouvir o som de um piano sem sentir as minhas pernas bambas. Há mais de vinte anos que tenho este desejo infantil e edipiano de amar a minha mãe como nunca amei uma mulher. E assim, do nada, ela ressurge com os olhos azuis que Cibele herdara, demonstrando um carinho desconhecido em um quarto de paredes brancas, e tudo o que vejo é o rastro vermelho de sangue que o corpo de minha irmã deixara no meio da rua. O meu coração treme e, no fundo, sei que ele quer mover as minhas pernas, quer me colocar em pé e fazer com que os meus braços caiam sobre os ombros dessa mulher. Mas esta é uma fronteira para a qual o meu visto já expirou há muito tempo, e agora não sei se posso renová-lo.

Sim, eu poderia dizer mil e uma palavras, mas tudo o que digo é: – O que você tá fazendo aqui?

Ela engole em seco e me olha com um carinho que desconheço. Letícia, em silêncio, sai do quarto.

– Fiquei preocupada, João – diz ela.

– Bom, acho que você ficou preocupada com vinte anos de atraso – decido ser irônico.

– Não fale assim. Tu não sabes o que sinto.

– É engraçado, porque sou eu quem deveria estar dizendo isso.

– Eu sempre rezei por ti, meu filho.

Ajeito o meu corpo na cama. Suspiro, e falo: – Não me interessa por quem você reza ou deixa de rezar.

– Tu falas isso porque não tens fé.

– Eu não tenho fé? Droga, você não imagina como é preciso ter fé pra sobreviver a tudo por que passei.

– Desculpe se te deixei sozinho.

– Não quero desculpas – falo. – Quero apenas saber por quê.

Ela caminha até a janela e abre a cortina. O sol invade o quarto, deixando as paredes brancas em tons de amarelo.

– Nós não podemos conversar muito agora – ela diz. – Tu precisas receber a consulta do médico, ele...

– Não – interrompo. – Quero que me diga por quê.

Ela senta na cadeira ao lado da cama.

– Existe uma coisa que nunca contei para ninguém, João. Nem o teu pai sabe disso.

Começo a sentir medo. Tenho vontade de pedir para que vá embora e nunca mais me conte a verdade, mas já que estou nesta fronteira, que pelo menos eu a enfrente, nem que seja apenas para me perder sozinho no deserto que nos separa.

– Eu fui a única pessoa que conversou com o motorista que atropelou a tua irmã. É normal que tu tenhas esquecido o que aconteceu, por isso somente eu sei de toda a verdade. Tu realmente queres saber?

– Não sei se devo, mas quero – respondo.

– Sim, meu filho, tu deves saber. E peço desculpas se não contei antes – ela diz e percebo minúsculas gotas de lágrimas escorrendo pelo seu rosto. – A verdade é que tu largaste a mão de Cibele e, de repente, atravessaste a rua sozinho e não viste o carro se aproximando. A tua irmã, então, correu em tua direção. Ela conseguiu empurrar o teu corpo, mas não conseguiu escapar.

Eu não sei o que dizer, o que pensar, o que fazer. Começo a tremer e sinto o meu estômago revirar. E, quando menos espero, a minha mãe está de joelhos ao lado da cama, chorando e dizendo: – Desculpe, meu filho, desculpe por tudo o que fiz.

E, então, finalmente descubro que eu é que estive errado durante estes anos todos. Eu me sentia culpado, mas a minha ingenuidade me fez acreditar que ela também se sentia. Mas a culpa de minha mãe não era por ter se atrasado ao nos buscar em nossa aula de piano. A culpa de minha mãe era por não perdoar o próprio filho. Era a culpa de uma mãe que colocou a culpa em alguém que deveria amar incondicionalmente.

– Desculpe, meu filho, desculpe – ela repete. – Quero agora o teu perdão.

Há algo errado aqui.

Era eu quem deveria estar pedindo perdão.

Mas não sei se sou capaz de perdoar a mim mesmo.

Por isso, deixo que as mãos de minha mãe se apóiem em meu corpo. E se até hoje não consegui dividir uma vida com ela, pelo menos dividimos agora as nossas lágrimas.

74

Os meus olhos se perdem nas ondas que chegam do mar enquanto Letícia me leva de carro de volta para o hotel. De repente, percebo que a água agora é azul. Subitamente, peço para que ela pare o carro.

– O que houve, João? – pergunta Letícia. – A gente já deveria estar no hotel... Mateus tá preocupado, e o seu pai quer muito falar contigo.

– Por favor, pare – peço novamente. – Quero ficar um tempo sozinho.

– Tu não tá em condições de ficar sozinho – ela diz. – Tu sabe disso.

– Tá tudo bem – insisto. – Não vou fazer nenhuma bobagem, mas, se você quiser, pode ficar aqui dentro do carro enquanto caminho até o mar.

Ela balança a cabeça demonstrando a sua reprovação. Mas concorda: – Ok, querido, pode ir. Eu fico aqui te esperando.

Fecho os botões de meu casaco e abro a porta do carro.

– Ei, João – Letícia me chama. – Ninguém tem culpa de nada nessa vida.

Esboço um sorriso. E, antes de fechar a porta, falo: – Se isso fosse vida, Letícia, seria bem mais fácil acreditar em você.

75

Ontem eu sonhei com você, Cibele. Não lembro exatamente o que sonhei, mas sei que você estava lá. Ou melhor, aqui, ao meu lado nessa praia fria e vazia. As imagens surgem em minha cabeça como em um filme mudo, e sou capaz de descrever perfeitamente o seu rosto de mulher adulta. Mas não sei o que fizemos, o que conversamos, o que mudamos nessa história tão irreal e, ao mesmo tempo, com dores verdadeiras demais. É covardia pensar que talvez fosse melhor viver o meu sonho em vez de tocar a água desse mar que, de repente, se tornou azul como os seus olhos. Não era você que reclamava da cor de chocolate da praia do Cassino? Pois o milagre aconteceu. Hoje ele está azul, e você renunciou a tudo isso para que eu estivesse aqui. E é por isso, Cibele, que abri os meus olhos hoje de manhã. É para aceitar o seu presente que decidi acordar. Você me deu a sua vida e, idiota que sou, somente lhe trouxe decepções. Mas prometo que isso nunca mais vai acontecer. Estou aqui, com os pés dentro do mar, agradecendo e me desculpando. É difícil acreditar que um Deus exista em uma situação como essa, mas acho que também estou rezando. Há tanta coisa para pedir, não sei nem por onde começar, mas já que desconheço ave-marias e pai-nossos, somente despejo nessas águas estas palavras que surgem devagar e amargas, como se cada letra estivesse sendo arrancada uma a uma de mim. E, no entanto, tenho certeza de que você entende as minhas preces. As minhas orações. Os meus cantos. As minhas canções que nascem sem a doce melodia de seu Piano. E não estou chorando, Cibele. Você acredita? Não estou chorando. Se você chegar mais perto irá ver que estou sorrindo, que os meus olhos finalmente encontraram o seu abraço no horizonte, que os meus pés se sentem tão confortáveis que são capazes de esquentar um oceano inteiro. Ah, estou sorrindo, e sorrir nunca foi tão fácil. Porque tudo é mais fácil quando sinto você por perto. E sei que você esteve comigo. Porque sempre carreguei a sua vida dentro de mim, mas não fui capaz de perceber. E agora tudo faz sentido. Dou um passo à frente, e a água alcança os meus calcanhares. As ondas batem contra as minhas pernas. E, sorrindo, liberto a Cibele que existe dentro de mim. Vai, meu amor, vai. Vai com Deus. E voe até onde nem os anjos conseguiram chegar.

76

Caminho de volta para o carro de Letícia quando lembro que tenho uma carta de Melissa em meu bolso. Seguro o envelope em minhas mãos e, por alguns minutos, olho fixo para ele. Fico feliz em saber que a minha vingança não deu certo. Melissa, meu pai e Letícia conseguiram deixar a imprensa longe de tudo o que aconteceu comigo nos últimos dois dias. E, agora, a minha cantora adolescente já deve estar em São Paulo, se preparando para o grande show de amanhã.

De repente, desejo que nesta carta exista o convite para que eu volte para ela. Um pedido para que a gente divida o mesmo palco novamente e, quem sabe, muito mais que uma cama. Mas ainda existe o sentimento de ter sido usado, e não sei se sou forte o suficiente para recusar a chance de estar ao seu lado outra vez.

Eu posso dizer sim, penso.

Por isso, não abro o envelope. E, por mais que acredite que tenho o direito de receber explicações, por enquanto prefiro ficar com as minhas dúvidas.

Coloco o envelope em meu bolso, calço os meus tênis e volto para o carro de Letícia.

Afinal, o mundo de Melissa não é o mundo que eu e você conhecemos.

E, agora, tudo o que preciso é saber que este mundo de céu azul e vento frio talvez seja a casa que espera por mim de portas abertas.

77

Eu e Letícia esperamos pelo elevador do hotel quando, de repente, os seus braços envolvem o meu corpo. Fecho os olhos, sinto o seu perfume, e penso que provavelmente não estaria aqui se não fosse por ela. Durante toda a vida existem diversas pessoas que vêm e vão, mas, para a nossa sorte, algumas chegam para mudar definitivamente o rumo de tudo. A Letícia adolescente pela qual me apaixonei foi como um meteoro que atingiu o meu planeta e mudou toda a minha órbita.

O nosso abraço traz de volta à memória a noite de nossa despedida, quando estava prestes a embarcar para São Paulo com a minha antiga banda Gol. Ela preparou um jantar, depois apagou as luzes e colocou uma velha balada dos Rolling Stones no aparelho de som. Dançamos de pés descalços sobre o tapete vermelho comprado em um mercado de pulgas. Ela deitou a sua cabeça em meu ombro e disse: – Quando bater a saudade, João, imagine que está dançando comigo, porque assim tu irá saber que sempre estaremos no mesmo ritmo.

Infelizmente, não segui o seu conselho. Mas agora, enquanto o elevador não chega, movimento os nossos corpos e giramos em torno de um único eixo.

– João, João – ela diz. – O que eu disse no hospital é verdade.

– O que você disse? – finjo que não lembro.

– Que quero que tu fique.

– Ficar por quê? – Pergunto.

– Porque eu preciso de ti – ela responde. E depois acrescenta: – Porque Mateus também precisa de ti.

Afasto o seu corpo de meu peito e olho para o seu rosto.

– Existe uma coisa que você precisa saber – falo.

Ela coloca a mão sobre a minha boca.

– Eu sei – ela diz. – E eu não me importo. Amo demais Mateus pra impedir a sua infelicidade.

– Mas eu não... – tento falar.

– Também não importa – ela me interrompe mais uma vez. – Nada importa se todos nós pudermos tocar tudo pra frente sem este maldito sentimento de "e se".

– Não sou a felicidade de ninguém – digo. – Você sabe disso. E, além do mais, não sei se felicidade é algo que existe.

– Mas nada nos impede de tentar – ela fala. – Não é mesmo?

E, então, a melodia da velha balada dos Rolling Stones volta à minha memória.

– Era "Lady Jane", Letícia – digo.

– O quê?

– Nós dançamos "Lady Jane" na minha despedida, lembra?

– O que tu quer dizer com isso?

Agora é a minha vez de abraçá-la novamente.

– Estou dizendo que quero outra dança – respondo. – Outra dança com você, com Mateus e, principalmente, com este bebê que está aqui.

Ela aperta o meu corpo com força.

– Seja bem-vindo de volta ao lar, João, pode entrar, a casa é tua.

E não há mais nada a fazer a não ser aceitar o seu convite.

78 ___

Estou sozinho no quarto 1022 com Mateus. Meu pai espera por mim no corredor. Ele quer me levar para pescar nos molhes do Cassino. Apenas nós dois, pai e filho e, talvez por medo, peço para ficar a sós com Mateus por alguns minutos. Mas, além de querer evitar a conversa com o meu pai, existe também a certeza de que é preciso falar com o meu melhor amigo.

– Ainda bem que tu tá bem – ele diz. – Por um momento cheguei a pensar que tivesse feito aquilo por causa do que aconteceu na quinta à noite.

– Desculpe se fiz com que você pensasse assim – falo. – Nem eu sei o que me levou a quase foder com tudo novamente, mas talvez tenha sido melhor.

Mateus fica em silêncio esperando que eu continue. Olho para o seu rosto e me perco em seus traços perfeitos. Não é à toa que todas as meninas do colégio eram apaixonadas por ele.

– Sabe, Mateus – finalmente continuo. – Não sei como explicar, mas quando acordei hoje de manhã consegui entender melhor o que acontece entre nós dois.

– E o que acontece? – ele pergunta.

– Sinceramente, não sei – respondo rindo. – Mas entendo.

– Como assim entende?

– Entendo o que pode ser, entendo o que tudo isso pode significar pra nós dois de agora em diante.

– E tu pode me dizer o que irá acontecer de agora em diante?

– Não – digo. – Mas se você tiver paciência, talvez a gente consiga descobrir juntos.

– Tu não precisa fazer isso – ele diz. – Tu sabe disso.

– Sim, eu sei – concordo. – Mas não disse que vou fazer nada.

– Nossa – agora é a vez de Mateus rir. – Tu parece mais confuso do que eu.

O seu riso invade todo o quarto, preenchendo todos os espaços. E quando dou por mim, também estou rindo.

– Sim, tô confuso, Mateus – falo. – Mas é uma confusão boa.

– Não existe confusão boa, João – ele discorda.

– Acredite em mim, eu já passei por muitas confusões. E essa é diferente.

– Diferente por quê?

Sento ao seu lado na cama. Beijo o seu rosto e falo: – Porque é o tipo de confusão que sei que, quando passar, só deixará boas lembranças.

– Já te disse que tu não precisa fazer nada disso – ele repete.

– Agora é tarde, Mateus – digo. – Estou confuso demais pra ficar longe de você outra vez.

79

Nós fugimos de casa, esquecemos de telefonar, renunciamos a tudo que nos faça ter saudade novamente de nossos quartos adolescentes, com os pôsteres na parede, com os lençóis de super-heróis, com os troféus da escola organizados na estante. O velho aparelho de som ao lado do armário com cheiro de madeira-de-lei, os discos de vinil guardados em caixas de plásticos, as roupas que as nossas mães esqueceram de dar e que insistem em contar as histórias de uma época em que viver era somente respirar. E, agora, cada vez que aspiro, o meu pulmão parece fazer mais força, como se todo oxigênio do mundo não fosse suficiente para fazer pulsar o meu coração. Ao lado de meu pai, observando o movimento das ondas tão perto dos molhes de Cassino, tenho esta sensação de ser criança de novo. É quando me apanho novamente protagonizando um clichê, mas, você sabe mais do que eu, todos os dias são feitos de clichês. Por mais que cresça, amadureça e seja dono dos meus próprios passos, sempre serei o filho deste homem que agora joga o anzol para dentro do mar, e ajeita o seu chapéu exatamente como fazia há mais de vinte anos. E porque não sei o que dizer, sinto um alívio quando começa a ventar: assim, não preciso pensar em respirar.

Que ironia.

Eu quis apenas deixar tudo para trás, mas esqueci de me levar junto. Porque é esta a certeza do agora. O meu corpo fugiu, mas o João Pedro ficou.

– Eu já sei de tudo, meu filho – ele diz, sem tirar os olhos da linha de nylon. – A tua mãe me contou tudo.

– Devo pedir perdão a você também? – Pergunto.

Ele sorri: – Tu sabes que não é preciso.

– Então – suspiro. – Então por que me chamou pra conversar?

– Porque quero saber como tu vais viver com isso a partir de agora – responde ele.

– Acho que vivi com isso desde o dia do acidente. No fundo, acredito, sempre soube de tudo.

E talvez já soubesse de tudo mesmo, penso.

– Tu queres saber a minha opinião sobre tudo isso? – pergunta meu pai.

Não, não quero saber. Mas não é hora para ser covarde novamente.

– Claro – respondo.

Ele gira o carretel e traz de volta o anzol vazio. Em silêncio, arruma a sua vara de pescar e pede para que eu sente ao seu lado sobre as pedras dos molhes. Só então percebo que o convite para pescar havia sido somente uma desculpa para estar a sós comigo.

– Na verdade, meu filho... – ele começa. – Na verdade, tu e a tua mãe enfrentaram a morte de Cibele da mesma forma. Os dois não aceitaram, os dois se sentiram culpados e, ao mesmo tempo, colocaram a culpa um no outro, como se isso fosse aliviar toda a dor. Mas não é assim que as coisas funcionam, João, não é assim que curamos a ferida, muito menos entregando tudo a Deus ou a uma vida sem sentido.

– É isso que você acha? – pergunto. – Que a minha vida nunca teve sentido?

– Bom, se tu achas que existe sentido em continuar fugindo.

Desvio o meu olhar do seu. É o meu modo de dizer que ele tem razão.

– E o que você acha que devo fazer?

– Como assim?

– Prometi a Letícia que ficaria aqui – digo. – Mas não sei se ficar aqui é fugir de Melissa, entende? Só que se eu for novamente, sinto que estarei fugindo da única mulher que me fez querer tentar novamente.

– Como tu tens tanta certeza de que é isso que Melissa quer?

Tiro a carta de Melissa do bolso e mostro para o meu pai.

– Tu leste a carta, João? – Ele pergunta.

– Ainda não tive coragem – falo. – Mas eu sei que, apesar de tudo, Melissa gosta de mim.

Ele levanta e pega as suas coisas.

– Perguntes ao mar, meu filho – diz, enquanto caminha até os vagonetes.

– O quê? – não entendo. – Você vai me deixar aqui sozinho?

– Sim, quero que faças como eu. Sempre que tenho uma dúvida, pergunto ao mar – ele fala.

Sem saber exatamente por quê, pergunto: – Foi o mar que disse que não valeria a pena cumprir a sua promessa quando nasci?

Ele pára em frente a um vagonete. Tira o chapéu, fecha o zíper de seu casaco e só então responde: – Não, João, foi o mar que me mostrou que não precisaria ser tão tolo a ponto de demonstrar a minha felicidade por meio de uma estúpida promessa.

Não consigo deixar de sorrir, mas ele continua: – Mas se isso ainda é tão importante para ti, eu paro de fumar...

Ainda sorrindo, falo: – Não, não precisa parar agora, guarde este momento histórico para quando a filha de Letícia nascer.

Ele retribui o sorriso, dá meia-volta e, devagar, dirige-se ao vagonete. E, pela primeira vez, sinto orgulho de ter o mesmo nome que este homem.

Sim, homem.

Homem como eu.

80

E agora estou aqui. Sentado nas pedras dos molhes do Cassino. Olhando para o mar. Com a carta de Melissa em minhas mãos. Cheiro o envelope, tentando reconhecer o seu perfume. Queria ter certeza de que realmente fui usado para salvar a sua carreira. Assim, tudo seria bem mais fácil. Mas a lembrança de nossas madrugadas furtivas chega junto com as ondas, e sou capaz novamente de ver os seus olhos tão perto dos meus, o calor de seus seios contra o meu peito, as suas pernas presas às minhas, e isso me faz acreditar que, sim, ela me amava. E então tenho esta impressão de que ambos fomos usados, de que a ligação de Mateus apenas piorou a situação, de que fomos dois fantoches promovidos pela indústria da fama, do dinheiro, das celebridades, da fofoca.

Levanto devagar e olho para o horizonte.

O navio encalhado volta a me observar.

E, finalmente, eu tomo coragem e pergunto ao mar.

Sou surpreendido por uma onda mais forte. A água salgada molha a minha roupa. E cega os meus olhos. Tudo acontece quando eu os abro novamente. Talvez seja apenas uma grande ilusão de ótica, mas não consigo mais ver o navio. Só existem duas possibilidades: ou ele se moveu, ou afundou.

Não quero mais dúvidas.

Não quero mais respostas escritas em reuniões com assessores de imprensa.

Não quero mais a sua companhia me seguindo a cada vez que beijo a mulher que amo.

E, sobretudo, não quero mais afundar.

Por isso, rasgo a carta de Melissa. E jogo os pedaços ao mar.

Chegou a hora.

Você não está vendo? O homem que escreve essas linhas daqui a pouco já não estará mais aqui. Porque estou me movendo.

Saia da frente, por favor.

Eu quero passar.

domingo de Páscoa

81

Pela segunda vez nos últimos sete dias, ouço "Beto" tocar na rádio.

– Tu quer que a gente troque de estação? – Letícia pergunta enquanto dirige.

Ajeito o meu corpo no banco de trás.

– Não sei. O que vocês acham? – devolvo a pergunta.

Antes que um de nós possa falar alguma coisa, Mateus desliga o aparelho de som.

– Acho que um pouco de silêncio não faz mal a niguém – ele diz.

Letícia acelera, ao mesmo tempo em que segura a mão de Mateus. Pelo espelho retrovisor, posso ver o seu sorriso. Coloco um travesseiro sobre a janela e fecho os olhos. Quero tentar dormir um pouco. Mas há algo neste silêncio que me inspira. E então percebo que talvez seja a hora de retomar o meu próprio caminho, quem sabe montar uma banda novamente, sentar ao piano, escrever algumas canções, voltar a ser o veículo de minhas próprias emoções.

E enquanto o carro se afasta da praia do Cassino, aos poucos uma melodia surge em minha cabeça, e penso em uma letra que fale de popstars sem vida, de adultos pela metade, de pessoas como eu e você, que crescemos, ficamos mais fortes e simplesmente esperamos pelo fim.

São Paulo, 1º de março de 2003.

Apêndice um

Cassino Hotel *surgiu a partir de um texto escrito para o já extinto website Popsland. Nele, eu e mais três jovens autores (Carmela Toninelo, Manuela Colla e Gustavo Fischer) resenhávamos discos de uma forma diferente. Em vez de críticas, escrevíamos contos. A história em que aparece, pela primeira vez, o núcleo dos três amigos, entre eles um cego, foi a minha forma de analisar o álbum "We Love Life", da banda inglesa Pulp. Mais do que isso, também foi uma tentativa de homenagear o meu amigo Gustavo Fischer, um escritor cujo trabalho sempre admirei. Para que você entenda melhor* Cassino Hotel, *transcrevo aqui o texto.*

O telefone tocou às sete e seis da manhã. A voz de Miranda chegava em baixa freqüência, se confundindo com os zunidos da minha cabeça pós-show. "Droga", ela disse, "aconteceu de novo". Um a um os meus neurônios começaram a funcionar. E então entendi a mensagem. "Fiquem prontos", eu falei, "já tô passando aí". Vesti os primeiros jeans que encontrei pela frente, uma camiseta amassada com o logotipo da Marvel Comics, e desci até a garagem. Abri espaço no banco de trás do carro, jogando nas escadas do prédio dezenas de revistas e latas de cerveja. Acelerei e parei no primeiro AM PM que encontrei pela frente. Era sempre assim. Marcos entrava em depressão, trancava a porta do quarto e apenas aceitava sair se eu o levasse para um piquenique. Desde a nossa adolescência, quando ainda éramos dois moleques colegas de escola e rua, este tem sido o meu ritual. E o faço com prazer. Até mesmo quando estou em turnê, seja aqui, seja no exterior, em qualquer lugar. Se Miranda ligar, volto. Por isso, sabia exatamente o que fazer naquela manhã de domingo. Comprei latas de refrigerante, pães, patês, frios, garrafas de água mineral e uma garrafa de vinho. Coloquei tudo em uma cesta de vime, que guardo no porta-malas do carro por motivos óbvios. À frente do prédio, Miranda e Marcos já me esperavam. "Será que dá pra abrir a capota?", ele perguntou. Respondi apertando um botão. E em silêncio tomei o caminho da praia. O vento frio em meu rosto trouxe consigo os dias em que o inverno de Porto Alegre parecia ser infinito. E, nas férias de julho, os mesmos três desta história passavam as tardes comendo bergamotas no jardim da casa da minha avó. Aquele cheiro de bergamota nos dedos é algo que sinto às vezes, como se a nostalgia fosse uma espécie de carma. Ao chegar na praia, Miranda sussurrou "olha, acho que dessa vez o negócio é sério, ele não parou de chorar a noite inteira". Já havia visto crises de choro piores, por isso me contentei em arrumar logo as coisas sobre a areia. "Não há nenhuma nuvem no céu hoje", finalmente Marcos disse, "estou certo?" Eu e Miranda olhamos ao mesmo tempo para cima. "Certíssimo", respondemos. E, de repente, Marcos fez algo que raramente fazia na minha frente: tirou os seus óculos escuros. "Já notaram que nesta semana eu completo trinta anos?", ele começou a falar, "isso significa que somos amigos há mais de quinze anos, que vocês são os meus olhos desde que nos conhecemos." "Mas, puxa", ele continuou, "o que aconteceu de tão importante na minha vida neste tempo todo?" Tentei dizer alguma coisa, mas logo fui interrompido. "Você, Murilo, realizou o seu sonho de ser um rock star", voltou a falar, "e Miranda hoje é uma executiva de sucesso." Miranda segurou as mãos de Marcos, mas não havia espaço para mim e ela naquela manhã. "E eu sou o maior fenômeno das artes plásticas, o pintor cego", ele disse, "mas, porra, de que adianta tudo isso se não posso ver o que faço, se não posso pintar este azul sem nuvens, se não posso te retratar, Miranda?" Eu e Miranda ficamos paralisados. Durante quinze anos, todos os nossos passeios funcionaram como a mais perfeita terapia. Mas naquele momento nada parecia dar certo. "Além do mais", Marcos acrescentou, "até hoje não entendi porque eu fiquei com a garota". A garota. Sim, era assim que nós chamávamos Miranda. Era o nosso código secreto. Nunca havia admitido, mas Marcos sabia que eu também amava a garota. Olhei com certa tristeza para Miranda. Ela bebia o vinho direto da garrafa, como sempre costumava fazer. "A verdade, Marcos", eu falei, "é que nunca vou conseguir ver Miranda como você a vê." "E saber que vocês dois estão juntos talvez seja a única felicidade verdadeira que tenho em minha vida", completei. Miranda piscou para mim dizendo obrigada com as pálpebras. Ele esfregou os olhos com as mãos e abriu um largo sorriso, enquanto Miranda retirava bergamotas de dentro de sua mochila. E sentindo aquele cheiro, finalmente as coisas começaram a fazer sentido. Nostalgia não era o meu carma. Era apenas a voz da vida me pedindo para voltar.

Apêndice dois

Todo o ritmo de Cassino Hotel *foi baseado em canções. A idéia inicial foi inspirada no álbum* We Love Life, *do Pulp. Mas o livro só começou a tomar forma ao som do disco* Yankee Hotel Foxtrot, *da banda americana Wilco. À medida que escrevia, outras canções pop também colaboraram. Ou seja, este romance não seria possível sem a ajuda de Rolling Stones, Movaje 3, Jets To Brazil, Tom Petty & The Heatbreakers, Badly Drawn Boy, eels, Bob Dylan, Gorky's Zygotic Mynci e Brad Mehldau. E mais: os dez últimos capítulos foram escritos em uma maratona à base da emocionante interpretação de Harry Nilsson para "Many Rivers To Cross", de Jimmy Cliff.*

Não posso deixar de registrar aqui o meu agradecimento a Marcelo Guidoux Kalil. Na época em que ainda fazia parte da banda gaúcha Superphones, eu pedi para que ele escrevesse uma canção-tema para o Cassino Hotel. *E ele me presenteou com uma linda balada, intitulada "Grown Ups". A letra, escrita por Marcelo, inspirou o último parágrafo do livro. Com a sua permissão, bem como da Superphones, publico aqui este belo poema.*

"Grown Ups"

A stone's gonna be a stone forever
Our hands should have never been together
You've said you've never wanted it to be like that
But my love's just gone and won't come back
I want it to come back

Do you see that star? (it's gone, my friend)
Can you touch it now? (just like our innocence)
We've grown
We're strong
We wait for the end

Do you believe in tender feelings
With not a trace of spite in it?
I'd say you're so naive it gets me down
But you'd still like when I'm around
Well I am around

Do you see that star? (it's gone, my friend)
Can you touch it now? (just like our innocence)
We've grown
We're strong
We wait for the end

Este livro foi impresso na Editora JPA Ltda.,
Av. Brasil, 10.600 – Rio de Janeiro – RJ,
para a Editora Rocco Ltda.